Les diamants olympiques

Martine Lady Daigre

Les diamants olympiques

© 2 023 Martine Lady Daigre
Édition : BoD – Books on Demand, info@bod.fr
Impression : BoD – Books on Demand, In de Tarpen 42, Norderstedt (Allemagne)
Impression à la demande
ISBN : 978-2-3221-2064-2
Dépôt légal : fevrier 2 023

À vous lectrices, lecteurs
À mes petites filles

Ce livre est un roman.

Toute ressemblance avec des personnes, des noms propres, des lieux privés, des noms de firmes ou d'établissements, des situations existantes ou ayant existé, ne saurait être que le fruit du hasard.

1

Ce que nous imaginons aujourd'hui devient la réalité de demain, car nous le croyons possible, donc réalisable.

Avant le temps zéro.

— Va te faire foutre, connasse ! Tu n'as pas compris à qui tu t'adressais ! Tu veux que je te montre de quoi je suis capable !

Les mots claquèrent, fouettant l'oreille de la femme collée au téléphone portable. Ils étaient semblables à une pluie automnale s'écrasant au sol sous un vent impétueux. Gris, le ciel ; noirs, les nuages ; orageuses, les phrases.

— Tes menaces ne m'intimident pas. Écoute-moi bien

— C'est plutôt toi qui vas m'écouter, pauvre conne ! Si tu téléphones encore une seule fois, je ferai de ta vie un enfer ! Tu ne sais pas de quoi je suis capable ! Tu apprendras à me connaître ! Je serai sur ton dos comme la puce sur un chien galeux ! Tu avanceras, les yeux rivaient sur la peur que j'aurais mise dans ton bide ! Chacun de tes pas sera un calvaire à glacer les sangs ! J'accaparerai ta caboche à un point que tu ne peux même pas imaginer, car cela dépassera l'envisageable !

« Qu'est-ce qu'il dit ? »

— Toi, ta gueule !

— Comment ça, ta gueule ? Tu as oublié à qui tu parlais, crevure ! Tu n'as pas entendu ce que j'ai dit ! Tu es sourde ou tu le fais exprès ! Tu vas voir comment je vais te la fermer, moi, ta grande gueule ! Tu fais chier depuis trop longtemps ! Il n'y aura pas de compromis !

L'homme excédé raccrocha. Maintenant, il devait se calmer. Il avait moins de cinq minutes pour afficher un visage paisible s'il ne voulait pas gâcher sa journée à cause d'elle. Pas sûr de réussir cet exploit avec les paroles de cette salope gravées dans le cerveau. Il défroissa son pantalon d'un geste brusque, et repositionna les boutons de manchettes en or jaune qui avaient tourné vers l'intérieur du tissu durant l'altercation, conséquence de la gesticulation puissance dix de ses bras – il avait brassé l'air tel un ventilateur sous l'ire explosive. Bon sang, s'il l'avait eue sous la main, il l'aurait étranglée, aurait jeté son corps dans une déchetterie sauvage au milieu des immondices, ce caniveau où elle vivait auparavant et qu'elle n'aurait jamais quitté sans aide. Une erreur commise de sa part, tellement gonflée par les regrets qu'elle était prête à exploser. Et le problème aurait été réglé définitivement. Sauf qu'ici, c'était plus compliqué à réaliser que dans la cambrousse. De toute façon, il fallait trouver maintenant le moyen de lui faire admettre que, lorsque c'était fini, c'était bel et bien fini. Surtout avec lui. Point final, à la ligne.

Les doigts faillirent jeter le téléphone portable qu'ils serraient, les phalanges blanchies d'une colère rentrée. La femme réfléchissait. Avoir une solution. Vite. Très vite. Et ce n'était pas celui vautré en face d'elle sur un canapé miteux qui résoudrait le problème avec ses neurones bousillés par des bitures à répétition. Décidément, elle était vraiment seule en ce bas monde. Comme avant. Retour à la case départ. Vers qui se tournerait-elle si elle supprimait l'autre enflure de l'équation ? Personne. Fais chier ! Chienne de vie !

2

Au royaume des boussoles pour les égarés, l'aveugle qui voulait sauver la planète demanda audience aux dieux dans l'ultime but de voir la lumière du non-fait.

Cri d'alarme à l'encontre d'un possible réveil de l'histoire pendant que le monde souterrain s'instruisait à se prévaloir d'être les meilleurs, dissimulés derrière les masques du dogme monétaire d'un marketing outrancier.

Vendredi : Trois jours avant le temps zéro.
Matin.

Doel. Belgique.

— Tu es sûr de ton coup, s'inquiéta le jeune homme, triturant ce tee-shirt qui le boudinait depuis qu'il avait grossi malgré l'activité physique intense qu'il infligeait à son corps. Le bermuda serrait aux cuisses.

— On n'a pas le choix, rétorqua sur un ton bourru, le frère aîné, debout au milieu de la cuisine, buvant une énième tasse de café froid, les yeux noirs lançant des éclairs dans la direction du cadet, tendu comme un arc par l'hésitation prononcée de celui-ci.

— Je pourrais y renoncer, et arrêter d'acheter sur Internet les gélules de CBD. Elles coûtent cher.

— Non. T'as besoin d'elles pour tes performances.

— Alors, je diminue les doses. Trois au lieu de six, et j'avale du Doliprane à la place. 300 euros par mois, c'est une somme et ce n'est pas remboursé.

— Pour te flinguer le foie. Le cannabidiol, c'est plus naturel, et le site qui nous fournit tes flacons est clean. Il n'y a pas de produits chimiques ajoutés chez eux. Et tu souffres moins depuis que tu les consommes, donc, tu continues à les avaler jusqu'à ce que l'autre abruti reconnaisse ta valeur.

— Sinon, c'est moi qui demanderai aux vieux le fric dont on a besoin. Depuis le temps qu'on se démène tous les deux pour joindre les deux bouts avec nos boulots de merde, ils pourraient lâcher du flouze rien qu'une fois. La mère, elle comprendrait.

— Il n'en est pas question ! gueula l'aîné, excédé par la suggestion de son frangin. Déjà que la mère a accepté de mauvaise grâce qu'on squatte dans la piaule de la grand-mère qu'on continue à louer à la commune avec nos thunes alors qu'elle voulait vendre les meubles et toi, tu crois qu'elle nous filera du blé. Tu rêves ! Et, regarde où on vit !

— Ouais, d'accord, c'est un peu glauque.

— Un peu ! T'es pas difficile, frérot. T'as vu le décor de jeunesse : un mobilier qui date de Mathusalem, du marron foncé partout, des rideaux à fleurs, un papier peint qui se décolle avec l'humidité qui règne dans toutes les pièces par manque de chauffage, un frigo congélateur qui va nous claquer dans les doigts du jour au lendemain tant il a fait son temps, et une téloche qui risque de nous péter à la gueule avec son tube cathodique qui grésille par moments.

Et je parle pas du lave-linge qui menace de casser sa courroie quand il amorce l'essorage. Et la puanteur qui règne ici. Tu sens pas. Pas moyen de supprimer cette odeur de vieille peau desséchée qui se pissait dessus comme tous les vieillards qui crèchent dans les environs. Tu t'y es peut-être habitué, toi, moi, pas. Cette opportunité, c'est la chance de nous sortir de ce trou à rat, de foutre le camp d'ici, de te faire un nom dans le milieu. Doel ! Tu parles d'un bled ! On est coincé entre l'agrandissement du port d'Anvers qui exproprie les gens à tour de bras et la centrale nucléaire ! Un village fantôme. Un ghetto pour les pauvres dont on fait partie, toi et moi. Il n'y a pas de quoi être fier de notre sort débattu par des politiciens de merde sous le prétexte d'intérêt public. Et notre intérêt, à nous, il est où, à part payer un loyer au ras des pâquerettes qui nous permet de survivre tous les mois. Et, puis, bouge-toi, maigris un peu. Merde ! T'as vu comme t'es devenu !

Le cadet n'avait pas besoin que l'aîné lui signale son tas de graisse. La comparaison avec le frère était flagrante. L'un, 28 ans, 1 m 85, une musculature à faire pâlir d'envie un sportif de haut niveau, quant aux filles, elles tressaillaient sur son passage et tombaient en pâmoison à son souvenir ; il n'avait jamais franchi le seuil d'une salle de sport, à croire qu'être déménageur à soulever des cartons au lieu d'haltères suffisait. L'autre, 24 ans, 1 m 75, compensait son stress par une boulimie croissante consistant à trop de féculents, de boissons gazeuses, de sandwichs avalés sur le pouce entre deux pauses – il travaillait en tant que caissier à temps partiel dans un magasin de bricolage vouait à disparaître comme le reste des commerces dans les environs.

— Je vais me dépenser plus là-bas. Je te le promets. J'aurais du temps à revendre.

— T'as intérêt, mon pauvre vieux, sinon tu seras la risée de tous ces connards qui se la pètent grave, lorsqu'ils te verront dans ton bermuda moulant avec tes cuisses qui ressemblent à deux tonneaux. T'ingurgites trop de glucides. J'arrête pas de te le rabâcher, tu dois manger équilibré. Un corps sain dans un esprit sain est la garantie du succès. Prends exemple sur les autres, tu y gagneras.

L'aîné n'avait pas l'intention de vexer son frère, celui-ci le savait, il voulait juste le secouait un peu.

— Quand même, c'est risqué.

— Arrête d'y penser où tu vas chier dans ton froc quand on y sera. On l'a déjà fait et il n'y a pas eu de problème.

— Une seule fois.

— Ne nous porte pas la poisse avec tes pensées à la con. De toute façon, on a juste assez pour les frais, alors, il n'y a pas à discuter. On repère le pigeon, on tape sur place et on file avant qu'il ne réagisse. On ne change rien au programme. Comme sur des roulettes, je te dis. Il faut juste que t'aies confiance en moi. T'as confiance ou pas ?

— Ouais. C'était son grand frère. Il avait toujours su prendre les bonnes décisions, alors, pourquoi s'obstinait-il à le contredire aujourd'hui ?

— Donc, c'est réglé. Il faut partir. On a déjà perdu vingt minutes à palabrer.

L'aîné était déjà à la porte, la main sur la poignée.

Le cadet hésitait encore. Il le suivit. Dehors, il embrassa du regard la bicoque qui était dans un piteux état avec ses murs lézardés, ses volets écaillés et son toit moussu. Ils auraient dû l'entretenir. Même le jardinet était méconnaissable, l'espace cultivable ayant été abandonné aux herbes folles par les petits-fils. Son frère avait raison ; sur lui reposait un avenir meilleur, loin de cet univers sordide où il vivait depuis cinq ans sans aucun espoir de le quitter un jour, là où la misère coulait telle un torrent, engloutissant le moindre euro, gagné à la sueur des fronts ouvriers, et c'était sa faute si l'argent manquait. Il culpabilisa à mort.

— Qu'est-ce que tu fous ? Il est 9 heures 10. Magne-toi un peu, s'impatienta l'aîné devant le portillon attaqué par la rouille.

— Et la mob ? on la laisse dehors ?

— Qui veux-tu qui nous la choure ? t'as vu la gueule qu'elle a.

— Tu as raison. On s'arrache.

3

Ce qui aurait pu être, s'envole. Ce qui s'envole, disparaît. Ce qui disparaît, s'apparente à l'inconscient. Ce qui est inconscient, échappe à la conscience. Ce qui est conscience, devient un fait. Le fait assied l'existence de la réalité. La réalité est, sera, aurait pu être...

Trois jours avant le temps zéro.
Matin.

Paris. France.
Room service. 6 heures. Petit-déjeuner pris dans la chambre contraire aux habitudes.

Un lever aux aurores. Les rayons prometteurs d'un soleil ardent léchèrent les toits aux premières lueurs du jour, poussant la brume qui tardait à se dissiper.

La Jaguar X E rouge à l'intérieur fleurant bon le cuir grené d'une teinte lie-de-vin et noir quitta le parking de l'hôtel 5 étoiles, situé dans la capitale française, emprunta le périphérique extérieur, et s'engagea sur la Francilienne, puis sur l'autoroute, direction le plat pays. Maintenant, elle était proche d'atteindre sa destination après avoir parcouru 352 kilomètres d'une traite. À son bord, il y avait Bernard von Hartung, le propriétaire de la voiture, le conducteur à cet instant, expert en œuvres d'art, 62 ans, une allure « Bon Chic Bon Genre » dans un costume gris perle, chemisette blanche et des Richelieu noirs à lacets aux pieds, et son compagnon, Alberto Giordano, 34 ans, son contraire vestimentaire avec un jean vert pâle, un polo de la marque Ralph Lauren en coton piqué vert bouteille, un pull-over beige en lainage fin jeté sur les épaules dont il avait noué les manches sur la poitrine, chaussé de Derbys bleu marine, et Cannelle, une femelle chihuahua à poils longs couleur caramel âgée de 16 mois à peine, offerte à Alberto par Bernard après que celui-ci ait subi le cambriolage de son appartement, un traumatisme que Alberto avait effacé de sa mémoire peu à peu – ils demeuraient dans deux habitations respectives par choix délibéré. Cannelle, leur bébé d'amour, surtout au passager.

Le visage de Alberto trahissait l'inquiétude. Il avait une boule dans le ventre qui grossissait à chaque seconde, proportionnelle au temps qui le séparait de la rencontre. Encore une heure à ce régime et il exploserait comme un ballon de baudruche sur une épine de rose, car c'était bien une épine que Bernard lui avait plantée dans le pied sans le vouloir.

Bernard jeta un regard à la fois admiratif et triste sur sa droite. Figure crispée. Poings fermés. Pourquoi avait-il embarqué Alberto dans son acceptation ? L'avait-il méjugé ? Certes, il savait que celui-ci aimait l'action, pimenter son quotidien, il l'avait prouvé à maintes reprises, mais, là, il avait, peut-être, surestimé ses capacités à se dominer. Il aurait dû discuter plus longuement avec lui de l'enjeu plutôt que de lui soumettre un scénario avec la mention « sans prise de risque » alors que le risque était bien réel. Mais il avait besoin de sa coopération ; seul, il n'y arriverait pas ; il ne pouvait plus reculer ; simple raisonnement à la logique imparable. Il tenta une diversion.

— Et si nous proposions à Vandermeer de découvrir l'exposition que nous venons de voir lorsque nous serons chez lui ? Nous pourrions y retourner. Elle t'a tellement plu et se termine à la fin du mois.

— Si nous ne sommes pas morts, répondit Alberto une voix lugubre.

Bernard feignit d'avoir entendu.

— Ce n'est pas tous les jours que le musée du Louvre offre au public les rois de Napata ayant régné sur l'Égypte 700 ans avant Jésus Christ. Qui se souvient de la XXVe dynastie Kouchite aujourd'hui ? Personne. Les gens ne se rappellent que les principaux pharaons : Ramses Ier, et le deuxième, Nefertiti ou Cléopâtre.

— Ouah ! Ouah !

— Écoute. Même Cannelle est d'accord avec moi et se réjouit à l'idée d'un second séjour à Paris.

— Tu te trompes. Elle manifeste seulement son envie de promenade depuis le dernier arrêt, bougonna Alberto, tournant le buste vers la chienne confortablement installée sur la banquette arrière, la truffe nichée dans les coussins en fausse fourrure à cause de la climatisation qui soulevait ses poils. La température affichée sur le tableau de bord indiquait 29 °C à l'extérieur et 22 °C à l'intérieur.

— Ne souhaiterais-tu pas partager ton plaisir de revoir cet élément de pectoral d'un Dieu Bélier avec notre ami ? Tu étais si enthousiaste.

— Il est ma-gni-fi-que ! s'exclama Alberto, soudain sorti de sa torpeur. Avec de belles incrustations en pâte de verre d'un bleu irisé. Digne d'un orfèvre.

— Et que dire de cette splendide statue du Dieu Amon-Rê en bronze incrusté d'or, de cuivre, et d'argent.

— Su-bli-me !

— Des splendeurs cachées. Sans compter les bas-reliefs, les statuettes, le scarabée en lapis-lazuli, les stèles funéraires

— Qui nous renvoient à notre venue dans cette ville, soupira Alberto, l'esprit de nouveau embrumé par les idées noires, la réjouissance marquant les traits n'ayant été que de courte durée.

Imperturbable, Bernard, après avoir quitté l'autoroute A 112, bifurqua au panneau de signalisation Anvers, n'osant plus prononcer un mot.

11 heures. L'horaire était respecté.

Déjà, les immeubles remplaçaient la campagne bordant les routes, le béton jouxtant les parcs de la ville. Direction le parking situé à six minutes à pied de la gare centrale et à mi-chemin entre cette dernière et le Diamond District, lieu du rendez-vous – ils n'avaient pas le temps de flâner dans le quartier latin, ancien fief de l'élite francophone que rappelaient les musées et les théâtres, et encore moins dans le vieux centre avec ses ruelles et ses charmants passages aboutissant à la cathédrale qu'ils affectionnaient tous deux.

L'un à côté de l'autre, Bernard et Alberto marchaient. Les rues, très animées en cette fin de matinée, perturbaient Cannelle dans son sac de transport. Elle s'agitait, ne sachant pas si elle devait sortir le museau ou le cacher, à l'image de son maître qui aurait aimé disparaître, lui aussi, s'il avait eu la possibilité d'accomplir cette prouesse. À quelques mètres de la porte d'entrée d'un immeuble, ils stoppèrent. Bernard scruta les complets bleu marine sortant du 78 de la Pelikaanstraat, un bâtiment néoclassique, sans savoir que lui-même était observé par deux individus sur le trottoir opposé. Les hommes, avançant vers eux, se confondaient tant leur démarche était similaire, le corps raide, le regard altier, la mallette à la main – Bernard avait un modèle identique en cuir noir. Tous issus du même moule ou presque, façonnés de génération en génération, perpétuant le « Mazal » prononcé par leurs pairs, cette poignée de main concluant la vente à la Beurs voor Diamanthandel d'où ils sortaient, l'antre du négoce des diamantaires interdit aux particuliers.

Sans la description communiquée par Dimitri Arkhipova au téléphone, Monsieur Verhoeven, vieux roublard à la soixantaine au sourire commercial, vêtu comme ses acolytes, ne les aurait pas distingués des autres clients. Un salut de la tête. « Venez. Suivez-moi ». La discrétion était de rigueur telle un secret gardé au plus profond des âmes.

Alberto suait à grosses gouttes à présent, et la moiteur ressentie en cette mi-juillet ne le rafraîchirait certainement pas. Il essuya ses paumes moites avec un mouchoir de batiste sorti de la poche de son pantalon.

Le restaurant où les conduisit Verhoeven était proche de son lieu de travail. Situé au rez-de-chaussée, l'établissement était coincé entre deux ateliers où des artisans joailliers vêtus de noir avaient le buste courbé sur l'établi, façonnant l'or et sertissant les pierres sous une loupe.

L'intérieur du restaurant surprenait par un style contemporain. La brigade concoctait une cuisine gastronomique, appréciée par les gourmets, dans un espace ouvert sous un éclairage approprié et des hottes aspirantes à faibles décibels. La salle était un alignement de fauteuils orangés autour de tables wengé aux nappes de couleur chocolat sur lesquelles avaient été disposés des verres en cristal et des couverts argentés. Les serviettes étaient assorties aux sièges. Des bouquets de fleurs dans des vases en céramique de couleur bleue posés sur des sellettes égayaient la pièce et séparaient, d'une manière fort ingénieuse, les convives.

— Tout d'abord, je vous montre l'échantillonnage, annonça Verhoeven, la mallette sur ses genoux. Il fit signe à un des serveurs d'apporter la carte.

Après le départ de celui-ci, Verhoeven posa un écrin au centre de la table. Plusieurs diamants de qualité différente étaient logés dans de petits compartiments habillés de velours noir. Ils étincelaient sous les spots, brillants de mille feux.

— Et voici pour vous.

Verhoeven fit glisser sur la nappe une petite bourse en peau fermée par un lacet de cuir. Elle contenait les autres pierres précieuses, chacune enveloppée dans du papier de soie suivant les instructions demandées par l'acheteur.

— Je vous ai donc apporté les diamants de taille ronde selon le souhait de votre ami. Ils appartiennent à la catégorie FL, IF, et VVS, à savoir, sans défaut, pur à la loupe x 10, et très très légèrement inclus, l'impureté étant difficilement visible à la loupe x 10, une inclusion qui s'est glissée dans le minéral au cours de sa formation. Le carat, le nombre, et la couleur ont été scrupuleusement respectés. Aucune qualité inférieure, cela va de soi. Notre réputation serait entachée par une telle pratique. Et rassurez-vous, le paiement concernant l'achat a été crédité depuis hier sur nos comptes. Messieurs, ce fut un réel plaisir de traiter avec vous. Je vous souhaite un bon séjour parmi nous. Bon appétit, dit-il fermant définitivement la mallette qu'il enchaîna à son poignet, chaînette que Bernard et Alberto n'avaient pas remarquée – il avait dû débloquer le système d'attache pendant qu'ils récupéraient les porte-menus par le serveur.

Verhoeven se leva et quitta l'établissement sous le regard étonné de Alberto.

— Il part, murmura-t-il.

Bernard poussa la bourse vers son compagnon. Ce dernier n'osa pas la toucher, lui attribuant des pouvoirs maléfiques, mais, après un laps de temps qui sembla être une éternité, il s'empara d'elle. Bernard l'encouragea du regard. « Va ».

Fugace moment de doute.

Alberto ne bougeait pas, pétrifié, une larme au coin de l'œil, les doigts cramponnés au tissu. Tous les encouragements prodigués par Bernard ne réussirent pas à le persuader. Il devait pourtant finaliser l'opération « commando » comme il la nommait depuis qu'il avait eu connaissance d'elle.

Subtile proposition.

« Tu prends Cannelle avec toi », émit Bernard, sachant que la chienne avait toujours un effet apaisant sur son maître.

Résigné, Alberto se leva enfin, Cannelle dans ses bras, la bourse dans le sac de transport, et se dirigea vers les toilettes.

4

La charismatique pauvreté entérine l'ombre gracieuse de la concupiscence.

Trois jours avant le temps zéro.
Fin de matinée.

Anvers.
Trente minutes de trajet passé à rassurer le cadet, à répéter encore et encore qu'ils n'avaient rien à craindre de fâcheux.

— T'as pigé le plan, frérot ?

— Ouais, ne t'inquiète pas. J'ai compris que c'était la seule solution pour résoudre nos problèmes une bonne fois pour toutes. Il n'y a pas d'alternative. J'ai pigé.

Une claque dans le dos approuva les paroles du cadet. Après avoir garé leur véhicule au parking de la gare centrale d'Anvers, les deux hommes s'étaient engagés dans la rue Pelikaanstraat. Ils se mêlèrent aux touristes peuplant déjà le trottoir à 11 heures, évitant ceux qui stationnaient devant les vitrines exposant les bijoux, qui contemplaient ces richesses avec l'envie de les posséder. Un rêve inaccessible pour la plupart d'entre eux.

— Regarde-moi tous ces cons, frérot. Ils sont venus de loin convoiter ce que, nous deux, nous déroberons tout à l'heure à un pigeon.

— Parle pas si fort, quelqu'un pourrait nous entendre, s'inquiéta le cadet, l'œil aux aguets.

— Toi, tu flippes encore. Détends-toi, frérot, j'ai tout prévu. La bagnole nous attend, prête à démarrer au quart de tour avec le plein d'essence. Et avec le monde qui circule, aucun risque de se faire choper.

— Avec le canoë sur le toit de la Dacia, ce n'est pas la meilleure façon de passer inaperçu.

— Au contraire, c'est normal pendant les congés d'été. On se fondra dans la meute de vacanciers traversant le pays. Maintenant, arrête de gamberger et concentre-toi. Il faut que nous détections, proche de la bourse, le gogo à pognon qu'on va plumer.

— Ouais, tu as raison. Ce qu'on piquera ne sera pas le casse du siècle. Ce sera facile. Aucune comparaison.

— Putain ! C'est sûr que ce ne sont pas les millions d'euros volés au Diamond Center en 2003 ! Quand je pense que cet abruti de Leonardo Notarbatolo a été arrêté par les poulets comme un débutant après avoir réussi son coup, il n'a pas été très malin. Quel con ! Ce n'est pas à nous que cela arrivera, nous sommes meilleurs que lui, je te le garantis. Nous, les flics, ils nous auront pas. Nous sommes de la trempe des débrouillards. Sur la tête de la mère, je te le dis, que nous passerons entre les mailles du filet, bien que sa tête ne vaille pas grand-chose.

— La tête de la grand-mère, plutôt, rectifia le cadet. Et arrête de prononcer le mot « putain », c'est vulgaire.

— Putain ! Je le dis quand je suis énervé, ça me calme, et côté vulgarité, c'est plutôt à la mère que tu devrais t'adresser, c'est elle qui nous l'a appris. Mais j'suis d'accord avec toi, frérot ! C'est grâce à la vieille qu'on ne couche pas sous les ponts. Paix à son âme, dit-il, la main sur le cœur.

Un rire tonitruant couvrit un instant les conversations des badauds.

— Sérieux, maintenant, frérot. On approche du but. On ouvre grand les yeux, on cherche et on tape. Tranquille, je te dis.

Au 62 de la rue Pelikaanstraat, les deux hommes s'arrêtèrent devant la devanture d'un bureau de tabac qui proposait aussi des en-cas à sa clientèle. Le cadet regarda les plats proposés écrits sur un bristol. L'aîné éprouvait de la difficulté à le lire. L'encre avait jauni sous les rayons solaires frappant la vitre. Il était posé sur un mini-chevalet de bois dans la vitrine, perdu sur une étagère au milieu des étuis à cigarettes. *Ce magasin s'accorde mal avec les joailleries aux alentours, mais il est certainement indispensable à tous ces messieurs de la haute, ces fumeurs de cigares hors de prix.* Puis il revint aux fondamentaux. Coup d'œil circulaire sur le terrain de jeu.

— Y a du beau, aujourd'hui.

— Que penses-tu de cette cible à 15 heures ?

— Hé, frérot ! t'y prends goût à la traque ! Ça fait pas trente minutes que nous sommes là et la chance est avec nous. Je n'aurais pas mieux choisi. C'est OK ! Il est tellement voyant qu'on ne le perdra pas de vue, celui-là.

— On se calque sur eux ?

— Je veux, oui. Nous les imitons comme des clones dans un jeu vidéo. Ils avancent, on avance, ils reculent, on revient sur nos pas, l'air de rien, comme si on cherchait dans ces foutues vitrines un bijou à offrir qui ne correspond pas à nos bourses pour l'instant, mais, dans pas longtemps, nous aussi, on s'en paiera une tranche.

— Et s'ils partent en voiture ?

— Deux options : soit on tape avant, soit on suit leur bagnole. Il n'y a que deux parkings proches d'ici, et nous sommes deux. On se séparera. Chacun son parking.

— Prions pour qu'ils aient eu la bonne idée de se garer là où on a garé la nôtre.

— T'as raison, frérot. Si cela concorde, je te promets que nous irons investir dans un cierge pour la grand-mère comme deux bons petits-fils.

— C'est un peu notre ange gardien.

— Pas faux. Sérieux, maintenant, détaillons-les de près. La mallette du vieux n'est qu'un vulgaire attaché-case. Trop nase, le mec. On la lui tirera dès qu'il sera, avec l'autre folle, dans un lieu plus désertique. L'accompagnateur n'est pas dangereux, et le clebs encore moins.

— Ici, l'endroit n'est pas propice. Trop de cols blancs. D'autant plus qu'ils sont trois depuis que cet homme les a rejoints.

— Bien vu, frérot. On suit le trio et dès que le vieux croulant les largue, nous deux, on leur saute sur le paletot et à nous la marchandise.

— Ouais, ton plan n'est pas idiot sauf que là, on fait quoi ? Ils sont entrés dans ce resto pour rupins depuis une plombe et ils ne sont pas près de ressortir vu qu'il est midi et qu'ils vont grailler là.

— On va aller se planquer chez le marchand de clopes et on profitera de la pause pour bouffer un sandwich. T'inquiète pas, ils finiront par sortir quand ils seront gavés, ces porcs, et ils seront plus vulnérables le ventre plein. Allez, viens, il ne faut pas traîner dans les parages. C'est qu'ils sont méfiants, les riches.

Le buraliste accueillit les deux consommateurs avec la cordialité seyante à ses principes. La venue de ces clients multipliait au centuple ses convictions. Il leur offrit même le café à la dernière bouchée avalée. De l'altruisme contre l'aisance financière suant de ces personnes qui fréquentaient son bureau de tabac les jours ouvrés, le toisant à l'image des Seigneurs à l'ère féodale lorsqu'ils sortaient.

— Deux heures trente-quatre minutes exactement à écouter palabrer le bonhomme. Putain ! J'ai cru crever d'ennui. Heureusement qu'on était deux à surveiller la rue. Il aurait pu nous faire manquer la cible à nous distraire avec toutes ses histoires, ce con.

— Un gars sympathique qui nous a rendu service.

— D'accord. Sympa, le mec, mais chiant à force de l'entendre. Et où ils vont ces deux-là ? C'est la journée des blaireaux aujourd'hui, ou quoi ? râla l'aîné.

— Ils ont tourné à droite, vers la rue Provinciestraat.

— J'avais remarqué, frérot, sauf que, par là, ce n'est pas le parking. Il y a le zoo pas loin. Ils nous baladent.

— C'est aussi la direction de la gare, ou alors ils sont paumés.

— Et merde ! S'ils sont venus avec le train, on est mal. J'avais pas prévu ça dans le plan. Il y aura trop de voyageurs dans le hall, il faudra taper avant.

— Sauf que nous ne sommes pas les seuls à y aller. Il n'y a qu'à compter le nombre de parapluies des guides et les troupeaux qui les suivent. Il semblerait que tout Anvers se soit donné rendez-vous là-bas. Tu as une autre idée ?

— Je réfléchis.

Quelques minutes plus tard, Bernard et Alberto s'arrêtèrent sur la place Reine Astrid face à l'édifice, les deux frères derrière eux. La construction datant du début du vingtième siècle en imposait par la magnificence de son architecture aux deux façades monumentales de style néobaroque alliant le fer et le verre. Ils traversèrent séance tenante la « Salle des pas perdus », ignorant la coupole à soixante mètres de hauteur, et s'engagèrent dans l'escalier menant aux quais. Au premier étage, ils passèrent devant des statues bordant le couloir sans s'attarder, Alberto étant désireux de rejoindre son wagon au plus vite ; Cannelle, malmenée dans son sac de transport, couina pour exprimer son mécontentement.

— Dépêche-toi de te connecter et achète un billet sur le Web.

— Et toi ?

— Lorsque tu seras dans le train, tu m'indiqueras la direction, je suivrai avec la bagnole. On ne peut pas la laisser dans le parking, ça nous coûterait une blinde. Putain ! Mais où ils vont, ces cons !

— D'après le panneau, ils vont vers le Luxembourg, ou peut-être la Suisse. Il y a un départ dans dix minutes.

— Ne réserve que jusqu'au Luxembourg. Pour après, on avisera. Celui qui monte dans le wagon n'a pas de valise ; il ne doit pas aller loin. Allez, à toi de grimper, frérot.

— Je te tiens au courant avec le portable ?

— OK. On communique les consignes par téléphone au fur et à mesure que ça évolue. J'y vais. Je prends en chasse l'autre dès qu'il sera dehors. C'est lui qui a la mallette avec les « diam's ». Toi, tu seras peinard. Tu surveilles tranquille. C'est juste une formalité pour être rassuré. C'est moi qui fais le boulot.

— Ça marche, répondit-il, l'index sur le bouton d'ouverture de la porte du train, un pied sur le quai, l'autre en apesanteur.

Soulagé par le bon déroulement de l'opération, le cadet visa le compartiment peu rempli où Alberto avait pris place. Un siège était libre face à lui. Il s'assit. L'aîné dévalait déjà l'escalier.

5

Un vent impétueux s'éleva soudainement, valorisant le libre arbitre décisionnaire, montrant la voie. L'homme au regard intériorisé marchait dans une détermination infaillible, ses pas le mèneraient là où il devrait aller, clarté limpide du choix.

Trois jours avant le temps zéro.
Début de l'après-midi.

Tel un prestidigitateur sortant un lapin blanc de son haut-de-forme, Alberto sortit un magazine féminin du sac de Cannelle que Bernard lui avait acheté à Paris pour combler son ennui. Beau geste apprécié par le lecteur angoissé.

Le cadet tourna la tête vers la vitre, écœuré, persuadé que ledit magazine avait dû servir à éponger la pisse du chien, sinon, à quoi servait-il ? *Quand on est un mec qui a des couilles dans le slip, on ne lit pas ce genre de conneries pour gonzesses, on lit l'Équipe. Et comment ce type arrive-t-il à tourner les pages avec une telle frénésie sans éprouver du dégoût ?* Une remontée d'acide gastrique lui incendia l'œsophage. Il fallait qu'il bût de l'eau. Il partit aux toilettes, s'abreuva au robinet à s'y noyer d'aise, et retourna s'asseoir.

L'homme n'avait pas bougé durant la courte absence du cadet, collé au tissu impeccable des banquettes de la

SNCB, la Société Nationale des Chemins de Fer. Il avait dû finir de feuilleter la revue – elle avait été abandonnée à côté de lui sur le siège inoccupé. Le chien s'agitait sur ses genoux. *À l'image du maître, le clébard. Une vraie chochotte.* Il s'amusa à réitérer sa réflexion dans sa tête en levant les yeux au ciel, un délice sans modération prolongé à l'infini ; il s'ennuyait tellement.

Alberto caressa Cannelle d'une main fébrile, désireux de la tranquilliser à défaut d'être rasséréné lui-même. Il roulait des yeux comme un caméléon, attentif au moindre mouvement suspect. Il sursauta lorsqu'une dame d'un certain âge réclama, d'une voix doucereuse, qu'il ôta de la place libre ce qu'elle supposait lui appartenir : la revue. Elle justifia sa demande par l'inconfort que lui occasionnait le soleil traversant la vitre depuis le départ à l'endroit qu'elle avait d'abord choisi, pensant être à l'ombre durant tout le trajet. Elle avait mal calculé l'orientation. Elle s'excusait du désagrément occasionné, de cette gêne supposée qui ne la gênait pas dans sa démarche. Alberto accepta cette venue comme une offrande à le distraire. Ne plus songer au scénario terrifiant qu'il avait formulé dans sa tête les heures précédentes.

Le cadet détailla l'inconnue qui surveillait, par moments, sa valise abandonnée sur le siège désormais vacant. Une chevelure grisonnante lui tombant sur les épaules. Une robe noire, plissée jusqu'aux chevilles, masquant les jambes ; il les imagina massives, car il estima la corpulence de la femme et la petitesse de la taille à 1 mètre 55 environ, pas plus, et à 80 kg. Des sandales aux pieds donnaient à voir des ongles manucurés d'une teinte rose pâle au bout d'orteils noueux ; les mains, quant à elles, étaient dépourvues de verni. Une peau tavelée, cependant exempte de ridules, ou presque, présageait que les crèmes antirides et hydratantes devaient être utilisées quotidiennement à l'excès ; ou, deuxième hypothèse, elle avait eu recours aux injections de Botox pour obtenir ce résultat qui tendait vers le miracle de la science. Il n'y avait pas de lunettes sur le nez, par coquetterie, peut-être... sûrement, et ses lèvres ne formaient qu'une ligne. Elle avait un cabas en guise de sac à main qu'elle posa délicatement par terre. Il lui donna la soixantaine. Elle confia à son voisin, lorsqu'elle s'assit, qu'à 82 ans la chaleur l'incommodait. Il ne fut pas vraiment surpris ; les paroles énoncées confirmaient son jugement, elle usait d'artifices. La sonnerie de son téléphone portable, celle d'un coq chantant sur un tas de fumier, choisie par le frère parmi la vingtaine de la liste – il l'avait programmée pour lui rappeler la mouise dans laquelle ils se vautraient ensemble tous les jours – mit fin à ses réflexions. C'était un appel convenu entre eux. Il décrocha.

— Frérot, tout beigne. Je l'ai dans le viseur.

— Attends, ça coupe, prétexta le cadet pour s'éloigner du couple nouvellement formé. Je vais à l'avant.

« L'avant », c'était juste « se tenir » devant l'ouverture de la porte, à quelques mètres de distance afin de surveiller l'homme et la femme.

— C'est OK. Je t'écoute.

— Putain ! tu vas pas me croire, frérot. On a tiré le gros lot à la loterie !

— Balance.

— Quand tu es monté dans le train, j'ai foncé et j'ai attendu dans le hall que l'autre se pointe. Il était pas du genre pressé. J'ai poireauté trois plombes.

— C'est normal, il était sur le quai. Il essayait de parler avec l'autre qui ne comprenait rien à cause de la vitre. Tu parles d'un taré. Faut-il être con pour ne pas se rendre compte que l'autre n'entendait pas.

— Ça, ça m'a arrangé. J'ai eu le temps d'ajuster ma dégaine. J'ai acheté le plan de la ville au kiosque.

— Pourquoi tu as dépensé du fric ? Anvers, on connaît.

— Pour être pris pour un touriste, frérot. Je l'ai déplié. Il me servait de paravent. Je zieutais, l'air de rien, ceux qui débouchaient de l'escalier.

— Ouais, ce n'est pas bête.

— Je veux. Sûr que c'était une bonne idée. Quand je l'ai aperçu, j'ai même demandé à une personne qu'elle me montre où se situait la station de métro la plus proche. C'était un étranger, un Allemand, je pense, à l'accent qu'il avait. Bref, il m'a répondu d'un hochement de tête significatif, il comprenait que dalle, et la cible nous a dépassés sans se douter de ce que je tramais. Ni vu, ni connu, j't'embrouille.

— Et après ?

— Après ? Je l'ai suivi, priant tous les diables de l'enfer qu'il aille à notre parking. Et tu sais quoi, frérot ? Bingo ! Lucifer était avec nous, il avait eu la même idée que nous. C'était gagné ! Du tout cuit ! J'ai couru pour être dans l'ascenseur avec lui. Putain ! Tu vas pas me croire ! j'ai failli le rater. J'ai mis un doigt sur la cellule avant que l'ascenseur ne se ferme. J'ai eu chaud. Le mec descendait au niveau 3.

Comme notre bagnole était au 1, elle était plus proche de la sortie. Il m'a suffi d'attendre à la barrière qu'il se pointe, et tu sais quoi ?

— Non.

— Le mec possède un Jaguar, frérot ! Putain ! Une tire hyperclasse qui doit coûter la peau du cul ! Le gros lot, je te dis !

— Tu es où, maintenant ?

— On roule sur la E 19, direction Bruxelles. La bagnole est rouge, je ne risque pas de la perdre de vue, et puis, il n'y a personne sur la route. Certainement que les gens se reposent sur les aires au lieu de rouler sous un soleil de plomb.

— Tu es sûr que tu n'as pas été repéré avec le canoë sur le toit, s'enquit le cadet sur un ton de reproche, puisque tu dis qu'il y a peu de monde qui circule. C'était ton idée d'emmener le matos.

— Mais non, t'inquiète ! Tranquille, je te dis. Je suis un touriste parmi tant d'autres qui est à la recherche d'un coin de verdure. La campagne, quoi. C'est plutôt lui qui est visible de loin avec sa bagnole rouge. Elle est comme un point lumineux dans la nuit, je risque pas de la perdre de vue. Le mec, il roule plan-plan, il ne veut pas vider son plein d'essence. C'est pas aujourd'hui que je ferai un excès de vitesse. Et puis, je ne suis pas aussi con que tu le crois, j'ai deux voitures devant moi.

— Je n'ai pas dit ça.

— Peut-être, mais tu l'as sous-entendu, frérot. T'inquiète pas. Je t'en veux pas, c'est le stress, je comprends, t'as pas l'habitude.

— Comment tu vas y arriver ?
— À quoi ?
— À s'emparer du butin ?
— Dès qu'il s'arrête, je force le coffre.
— Et si jamais il y a une alarme. Avec ce genre de bagnole, les constructeurs ont dû le prévoir, non ?
— Écoute, frérot, j'aviserai à ce moment-là. Ne nous porte pas la poisse. C'est sûr que s'il quitte la bagnole avec la mallette, ce sera plus facile. Je m'y connais dans le vol à la tire, tu le sais, c'est ma spécialité. J'ai toujours été le champion depuis que j'suis ado et jamais eu les bracelets.

Les vols à la tire que pratiquait l'aîné de temps en temps pour améliorer le quotidien, le cadet le savait. Ce n'était pas faute d'avoir revendiqué son désaccord.

— Il faut l'espérer. On va implorer la grand-mère pour que tout se déroule bien.
— Laisse grand-mère où elle est, frérot. Arrête de gamberger. Et de ton côté, ça se passe comment ?
— Le type était nerveux, mais depuis qu'une vieille s'est installée à côté de lui, ça va mieux. Ils discutent. Je les vois de là où je suis.
— T'es pas trop loin, quand même ?
— Non. Je suis assis en face d'eux, mais en ce moment, je les surveille de la porte pendant que je te cause.
— Continue comme ça, frérot. La galère, pour nous, elle est bientôt finie. Toutes ces emmerdes seront derrière nous, fais-moi confiance. T'as confiance ou pas ? *Putain, le frérot, pour le protéger, il faut le pousser.*
— Ouais.

— C'est bien. Je raccroche. Il ne faudrait pas qu'un stupide putain de flic m'arrête à cause du téléphone.

— OK.

— C'est moi qui rappelle. On suit le plan. Toi, de ton côté, et moi, du mien.

— OK.

Le frangin, c'est un pro. Le cadet avait l'hébétement admiratif dans le couloir, toutes ses pensées négatives envolées. Sa mission était simple : être à l'écoute et observer. Alors, il écouta et observa.

6

Il avançait indéfiniment dans l'unique but de sa quête ultime, et, lorsqu'il eut enfin franchi l'impénétrable, il put contempler l'étendue offerte à son regard.

Trois jours avant le temps zéro.
Début de l'après-midi.

Il suivait le point rouge guidant sa route comme un phare dans la nuit sombre. Par expérience hypothétique, il supputa que la ballade ne durerait pas longtemps avant que le conducteur ne fît une halte. *Les riches, ça boit et ça bouffer trop.* « Bingo ! » clama l'aîné dans l'habitacle. *Il faut qu'ils pissent et qu'ils chient une demi-heure après.*

L'aîné n'avait pas tort. Cinq minutes après avoir formulé cette conjecture, un point orangé s'allumait à l'arrière de la Jaguar. Il enclencha le clignotant et tourna lui aussi sur la droite. Quinze heures avaient passé depuis la première seconde de ce jour décisif, de ce matin augurant une vie nouvelle emplie de promesses, de cette ère féconde. Quinze heures d'espérance, à tuer l'échec. Quinze heures durant lesquelles son cerveau lui disait de ne pas reculer.

La voiture rouge stationnait non loin des toilettes publiques.

Il fuit les odeurs, ce con ! La promiscuité avec la merde des autres, c'est pas son truc au richard ! Il positionna la Dacia perpendiculaire au marquage au sol en épi devant l'arrière de l'unique véhicule garé sur le parking, un sourire moqueur balafrant les traits, bloquant, par cette manœuvre, le sens du départ de cette dernière ; on n'était jamais trop prudent face aux impondérables.

L'aire de repos était effectivement déserte, pas même un chat errant autour des poubelles. Avec la chaleur étouffante, les oiseaux s'étaient tus dans les branches des arbres rabougris dont une partie des feuilles jonchaient le sol. La terre desséchée par le manque d'eau crevassait par endroits, formant des canyons d'où sortait une colonie de fourmis en quête de nourriture. Seuls les criquets et les sauterelles stridulaient, s'en donnant à cœur joie dans ce lieu où la vie semblait avoir été anéantie sous un ciel bleu azur.

L'aîné déboucla la ceinture de sécurité, se pencha vers la boîte à gants, l'ouvrit, et sortit le rouleau de scotch gris, la cagoule en laine noire, et le pistolet d'alarme, achetés au préalable à l'insu de son frère et sur les conseils d'un pote œuvrant dans les cambriolages de maisons. Il avait encore en mémoire les paroles de celui-ci lors de son dernier larcin : « A opérer à visage découvert, tu te feras pincer ». L'envie d'obtenir la panoplie complète du parfait délinquant sans vraiment l'être était née des mots entendus et retenus jusqu'aux tréfonds de son être. Ils avaient lentement mûri. L'achat d'une réplique du Beretta PK 4, 9 mm, cartouches à blanc, avait été un jeu d'enfant. Sur le Web, tout était à vendre, il suffisait d'une carte bancaire suffisamment approvisionnée. Être audacieux dans l'acquisition d'un flingue d'imitation pour flanquer la frousse, oui, mais risquer la taule, non. Vigilance accrue à bout portant malgré tout. Accoutré de la sorte, il marcha en direction du bâtiment exempt de fenêtre. Les gravillons glissaient sous les semelles de ses baskets – il discernait mal ce qu'il avait devant lui à cause des fentes étroites de la cagoule qu'il aurait dû choisir la taille au-dessus. Il attendit au niveau du sas réservé aux w.-c. pour hommes. Dès qu'il perçut le maniement du verrou, il tira vers lui la porte et agrippa Bernard von Hartung au col de la chemisette. Il plaqua le canon de l'arme factice sur la tempe de ce dernier.

« Tu cries, t'es mort ! T'as compris ? »

Bernard acquiesça d'un mouvement de nuque. Il sentit le métal froid appuyé au bas de la colonne vertébrale. L'aîné l'obligea à avancer rapidement et à déverrouiller le coffre de la Jaguar dans la foulée avec le bip.

« Tu ouvres la mallette ! Grouille ! Et tu me files la marchandise ! »

Bernard, se méfiant d'une quelconque réaction de l'agresseur nerveux positionné derrière lui, s'exécuta sans manifester le moindre tremblement. Ne pas paniquer pour ne pas contrarier. Il sentait qu'il pouvait tirer par inadvertance. Une balle logée dans la colonne vertébrale et il demeurerait paraplégique.

L'aîné, d'une main, entreprit la fouille, balançant des feuilles dactylographiées sur la moquette noire du coffre.

— C'est quoi ce bordel ! gueula-t-il d'une voix menaçante.

— La préparation d'une commande.

— Qu'est-ce ce que tu racontes ?! Ne me la fais pas à l'envers ! ouvre ces deux valises !

Bernard actionna leur système d'ouverture à code. Les vêtements vinrent s'ajouter aux papiers répandus.

— Les diamants ? ils sont où ? tremblait de rage l'aîné.

— Quels diamants ?

— Ne fais pas le mariole avec moi, je te dis ! Je t'ai vu avec le vieux. Ce mec est connu sur le marché. C'est un diamantaire d'Anvers qui fricote avec des gens de ton espèce.

— Ah. Lui. Vous faites erreur. Il siège au conseil d'administration de la fondation Arp à Clamart. Il voue aux œuvres de cet artiste allemand naturalisé français une passion inégalée. Nous préparons ensemble l'exposition qui se tiendra l'an prochain dans le musée. Étant donné que je suis professionnellement un expert dans l'art contemporain, et aussi collectionneur sur mon temps libre, je lui sers d'intermédiaire quant à l'acquisition et le prêt de sculptures aux lignes épurées dans la veine de Rising Up ou Mustache Hat. Vous connaissez ?

— Ta gueule ! Je te demande pas de me réciter ton pedigree et tes loisirs. J'en ai rien à foutre de ton boulot de merde et de ce que tu fous le week-end ! Ils sont cachés où, les cailloux ? Réponds ou je t'explose la cervelle ! On va pas y passer la nuit ! La menace monta d'un cran. Il jouait à la perfection son rôle de caïd.

— Il y a méprise. Je vous ai expliqué mon entrevue avec cette personne. Vous n'avez qu'à fouiller la voiture si vous y tenez. Allez-y. Vous ne trouverez pas ce que vous me réclamez puisque cela n'existe pas.

— C'est ce qu'on verra, et ce n'est pas moi qui vais m'y coller, c'est toi, abruti de mes deux !

— Comme vous le souhaitez.

Bernard entreprit de déverrouiller les différents espaces de rangement que la Jaguar contenait. Il sortit les affaires rangées avec méticulosité les unes après les autres et les déposa délicatement sur les sièges.

— Satisfait.

— Putain ! Tu vas me le payer ! Il lui asséna un coup de crosse sur le sommet du crâne, emporta une laisse de feuilles ramassées au hasard et fonça vers la Dacia.

L'aîné tapa sur le volant. Il s'empressa d'enlever la cagoule qui lui grattait le visage et s'épongea le front et le cou avec son tee-shirt. Il jeta un œil dans le rétroviseur central. Étourdi, le buste de Bernard avait basculé sur le capot sous l'impact. Il le vit se relever lentement et se frotter la tête à l'emplacement de la blessure. Il craignait de l'avoir frappé trop fortement. Rassuré, il mit le moteur en route. Avant la sortie de l'aire, il s'arrêta sur le bas-côté, sachant que sa victime ne partirait certainement pas avant d'avoir tout rangé. Il avait du temps devant lui. Il arracha le ruban de scotch masquant la plaque d'immatriculation, le jeta dans les buissons, et contacta le frère.

— Putain, frérot, c'est à toi de jouer maintenant ! Y avait que dalle dans la mallette, ni dans la bagnole !

— Attends deux secondes, on entre en gare.

— T'es où ?

— Bruxelles nord. Pour la correspondance.

— Parfait. Les « diam's » doivent être dans le sac du clebs, frérot. On s'est fait avoir.

— Et ?

— Quoi, et ? Tu t'occupes de les récupérer. Tu te démerdes d'agir pendant le changement. Je compte sur toi.

— Mais

—Je te rejoins à la gare. T'as rien à craindre. Je t'appelle quand je suis arrivé et je te récupère. T'inquiètes pas. Il coupa la communication avant que le cadet ne désapprouve, et démarra sur les chapeaux de roues.

7

Le pouvoir du mental crée une énergie supérieure à la vigueur physique, valorisé intrinsèquement par la volonté.

Trois jours avant le temps zéro.
Après-midi.

Les huit minutes d'arrêt nécessaires pour attraper la correspondance étaient une performance sportive pour des jambes de quatre-vingts ans passés.

Descendre les marches d'un escalier raide comme la justice. Suivre, contraint et forcé, le mouvement d'une foule pressée d'arriver à destination. Être coincé entre les arrivants dans un sens et les débarqués dans l'autre. Monter les marches de l'escalier suivant afin d'atteindre son but avec force et courage.

Dans un sursaut d'inquiétude face à un éventuel retard, Alberto, n'ayant pas de bagage, avait spontanément offert ses services à sa compagne de voyage pour rejoindre l'autre quai, laquelle avait accepté d'emblée la proposition bienvenue. Ils progressaient lentement, avec prudence, un pas après l'autre. Par cette empathie soudaine envers celle qu'il ne connaissait pas avant d'être monté à bord du train, il avait dérogé à ses principes de ne pas musarder en chemin, ce que Bernard lui avait d'ailleurs recommandé sur le quai de la gare en s'agitant comme un pauvre diable puisque son compagnon ne comprenait rien au message prodigué, la vitre du train étant un sérieux obstacle.

De fait, dans le sillage de ce couple hors du commun suivait une valise aux roulettes cahotantes sur le béton dont la poignée était emprisonnée dans la main gauche de Alberto – il portait le sac de transport de Cannelle du côté droit, la sangle sur l'épaule. Protégeant son bien, la vieille dame avait tenu à placer ladite valise entre eux deux.

Cannelle, la truffe au vent, humait l'air à la recherche d'une odeur de charbon qui n'existait plus depuis le siècle précédent.

À quelques mètres derrière eux réfléchissait le cadet. Comment s'emparer de la chose convoitée sans alerter le personnel chargé de la sécurité ferroviaire des voyageurs ? Qu'aurait improvisé son frère dans une situation pareille ? Une seule idée germa dans les connexions neuronales : foncer dans le tas tel un bulldozer détruisant tout sur son passage, faisant fi de la difficulté. Un rugbyman de la fauche.

Le cadet, ragaillardi par la scène imaginée à l'instant, essuya ses paumes sur son bermuda bleu marine, tira sur son tee-shirt Nike noir, secoua ses bras, et s'élança tel un sprinter. Il chargea. Il bouscula volontairement une mère et ses deux enfants en bas âge, créant la surprise. Il profita de ce moment de panique voulu au milieu des cris des gosses pour augmenter ses chances de réussite et propager le chaos. Il poussa avec son épaule gauche la personne devant lui, laquelle était embarrassée par des sacs de voyage beaucoup trop volumineux pour son frêle corps qui pendaient au bout de ses doigts violacés. Cette dernière vacilla sur Alberto qui bascula sur sa gauche. Dans un geste désespéré, celui-ci essaya de se retenir à l'accompagnatrice qui, elle, chut mollement sur ses genoux sous la brutalité du choc causé par les deux personnes à sa droite.

Alberto réalisa tardivement le délestage qu'il venait de subir. Aux plaintes de la voisine de train blessée, des pleurs des enfants choqués, des vociférations du vieillard poussé, s'ajoutèrent des hurlements incompréhensibles, perçant les tympans de tous ceux qui se situaient à proximité. On crut à un attentat terroriste.

Le tumulte amplifia avec l'annonce du départ imminent de la correspondance. Ça courut à perdre haleine dans le souterrain, houspillant les faiseurs de trouble, les jeunes sautant par-dessus la valise et les sacs demeurés au sol, les moins jeunes les contournant, s'égosillant de les attendre, gesticulant avec leurs bagages, suppliant, essoufflés, que le train ne partit pas sans eux, craignant d'entendre le coup de sifflet du chef de gare, les cœurs bondissant dans les poitrines.

Cinq minutes, top chrono, avaient suffi au cadet pour se retrouver dehors. Cannelle, terrifiée, tremblait de tous ses petits membres au fond du sac, ballottée à vomir les biscuits du matin avalés avec gourmandise.

Ne sachant vers où se diriger, le cadet décida d'éviter les grands axes routiers. Il sortit rue Aershot et tourna à gauche en direction du parc Maximilien où il avait l'intention de se débarrasser de l'encombrant paquet à poils. La réponse de l'aîné fut immédiate : « Frérot, tu prends aucune initiative avant que je ne sois là. J'arrive. J'suis dans l'avenue de l'Héliport. Tu continues, on se retrouve là-bas ».

Des ordres, toujours et encore des ordres. Le cadet maugréait à chaque pas. *À l'avenir, j'inverserai les rôles. Je ne suis pas de la race des trouillards. J'appartiens à la catégorie des fonceurs et je lui démontrerai bientôt, au frangin qui je suis vraiment.* Merde !

Cannelle, comprimée par les avant-bras puissants du ravisseur, manqua étouffer dans son douillet nid. Elle maudit le transport inconfortable que lui infligeait cet homme. Elle jura de se venger à la première occasion.

8

L'intégrité de l'individu varie suivant la moralité qu'il s'octroie, peu ou prou sa faiblesse humaine.

Trois jours avant le temps zéro.
Fin de l'après-midi.

Impossible de rater le spectacle qu'offrait le canoë sur le toit de la Dacia dans l'avenue de l'Héliport. Ça tanguait, une fois à droite, une fois à gauche, conséquence de l'empressement matinal à boucler la concrétisation du larcin imaginé par les deux petits-fils, avant que des petits malfrats de leur acabit eussent la même idée qu'eux. L'embarcation mal attachée déclenchait les paris sur son passage. « Elle tombera. elle ne tombera pas ». Hilarité et frisson partagés des passants sur le trottoir. Les mères agrippaient leurs marmailles par les fonds de culotte, et les rebelles ne voulant pas être harponnés par les ongles crochus avaient droit à la taloche, résultat de la peur maternelle engendrée par la menace. Les propriétaires des espèces canines de tout bord tiraient sur les laisses, étranglant leurs animaux de compagnie qui, eux, retroussaient les babines face à l'incompréhension de ce geste inhabituel. Quant aux voitures, celle de devant s'interrogeait sur le tangage, consultant régulièrement le rétroviseur central, et celle de derrière ayant laissé un espace vital de deux mètres environ subissait le klaxon intempestif de la suivante dont le conducteur fulminait sur le siège à vouloir réduire les mètres vacants.

Danger public sur le bitume.

Seize heures sonnèrent au clocher d'une église. La circulation dense obligeait les automobilistes à rouler à la vitesse d'un escargot, s'arrêtant plus que de coutume aux feux tricolores.

L'aîné écrasa la pédale de frein devant un piéton engagé sur les clous qui profitait de la lenteur du trafic pour traverser au vert ; pas le bonhomme, le vert. D'instinct, les gens, se situant au niveau du véhicule incriminé, se déplacèrent vers la droite et ralentirent leur cadence, craignant un nouvel incident de ce genre s'ils leur prenaient la lubie de dépasser le dangereux chargement. Mais parmi tous ceux-ci, il y en avait un qui avait réussi à atteindre le parc Maximilien sans encombre.

Le cadet essaya vainement de contenir l'impatience de Cannelle à quitter son nid qui manifesta encore son désir de poser les pattes sur le sol caillouteux, eldorado canin, avec un aboiement digne d'un dogue allemand à ameuter tous les sourds du quartier.

« Saloperie de clébard ! Tu ne peux pas la fermer ! », maugréa le geôlier, surpris d'avoir parlé à voix haute au risque de se faire pincer.

Devant l'insistance du chihuahua, une octogénaire s'approcha.

— Vous avez une zone de liberté prévue pour les toutous. C'est très bien et clôturé. J'y vais tous les jours avec Brutus. Le vôtre gambadera à son aise. Il n'y avait plus d'occupant lorsque je l'ai quitté il y a quelques minutes, dit-elle, un caniche gris à ses pieds arborant une coupe d'été qui n'avait pas la morphologie d'un molosse.

— Où ?

— Là-bas, montra-t-elle avec un bras décharné. Derrière le marronnier.

Le cadet pointa son regard dans la direction désignée, puis regarda d'un air sceptique son interlocutrice. Des arbres, il y en avait pléthore autour d'eux dans ce coin de verdure entouré de béton, cette enclave dans la ville tentaculaire. Il n'était pas un expert forestier, mais il dénombra plusieurs marronniers, deux ou trois platanes, et un tilleul.

— À côté de la ferme pédagogique, vous ne pouvez pas vous tromper, précisa-t-elle, comprenant qu'elle s'adressait à un touriste. Suivez les paons, ils s'échappent tout le temps de leur enclos.

En effet, le cadet aperçut un volatile reconnaissable de loin à sa grande taille et à son beau plumage bleu parsemé de vert. L'information amena le visiteur paumé directement sous le feuillage de l'arbre. Il jeta Cannelle par-dessus le grillage de l'endroit réservé aux chiens et partit se distraire avec les animaux de cette ferme miniature, le sac vide ballottant à l'épaule. Il se fraya un chemin parmi les gosses qui couraient dans tous les sens, allant d'un enclos à l'autre. Allégé par le poids de Cannelle, il se pencha par-dessus la barrière pour différencier les lapereaux au milieu des poules naines et d'un coq solitaire, puis, avança vers les poneys avides de caresses qui tendaient leurs naseaux vers les menottes, qui ravissaient les mômes et inquiétaient leurs géniteurs, lesquels imaginaient déjà la morsure fatale sectionnant le doigt aux tendres cartilages. Il était tout à son amusement lorsque le chant caractéristique du coq le ramena à la réalité.

— T'es où ? Ça fait une heure que je te cherche dans ce foutu parc.

— À la ferme.

— Quelle ferme ? Ne déconne pas, frérot. T'es où ?

— Tu suis les paons. La ville a imaginé dans ce parc la reconstitution d'une ferme pour les gosses. J'y suis. Je suis devant les moutons.

— Putain ! Tu parles d'un rendez-vous à la con ! T'as pas trouvé mieux !

— Pas la peine de gueuler, il n'y a qu'à cet endroit qu'il y a une zone pour les clebs.

— OK. Je comprends mieux. J'arrive. Les paons, tu dis ?

— Ouais, c'est ça, les paons. Ils sont grands et bleus. Ils se baladent autour de moi dans la pelouse.

— C'est bon, j'en vois un. J'arrive dans une minute.

Cinq minutes pour franchir la distance au lieu d'une ; le paon aperçu vagabondait loin de ses congénères.

Accolade.

— Ça va, frérot ?

— Ouais.

— Bon, on s'éloigne du coin et on zieute le sac. Le clebs, il est où ?

— Je me suis débarrassé de lui. Trop chiant. Il est dans la zone. Quelqu'un le récupérera certainement. Je n'ai croisé que des vieux et des poussettes. Il n'attendra pas jusqu'à ce soir pour trouver un foyer.

— C'est bon, on s'en fout, du clebs. On avise un banc peinard et on fouille le bagage. Tranquille, je te dis.

— Là-bas, j'en vois un.

— Où ça ?

— À côté de l'aire de jeux.

— Il faut vérifier qu'il y ait pas de marmot avec leur mère pour nous emmerder dans notre business. Ne pas attirer l'attention, frérot. Jamais. C'est la clé du succès. Des caméras de surveillance sont peut-être planquées dans les arbres avec tous les cinglés qui enlèvent les gosses aujourd'hui.

Sur place, l'unique gamin sauta en plein vol de la balançoire à l'approche de ses parents, manqua se rompre le cou, et détala avant d'être grondé.

— OK, plus personne dans les parages. Vas-y. Envoie.

Le sac changea de porteur.

— Putain ! Ça chlingue la pisse !

— J'avais senti quand j'ai lâché le chien.

L'envie d'avoir une autre destinée et un peu d'espérance surmonta le dégoût éprouvé.

— Il n'y a que dalle à l'intérieur. Putain de merde !

— Calme-toi, on va se faire remarquer. Ça irrite les gens quand tu parles comme ça.

— Et toi, tu dis « ouais », c'est pas mieux, c'est pas digne d'un pro.

— Ouais, tu as raison. Merde ! Je l'ai encore dit !

— Nous sommes d'accord là-dessus. On continue ou on palabre encore dans le vide à perdre notre temps, rétorqua l'aîné sur un ton moins véhément. Il a dû les planquer dans les poches pour pas que les « diam's » soient souillés.

— Ce n'est pas faux.

Tissu sauvagement retourné.

L'aîné blêmit de rage.

— On s'est fait avoir, tu crois ?

— Ça m'étonnerait, le vieux, il est connu dans le milieu. Il a sa réputation à tenir. Il ne se déplace pas pour des clopinettes. Tu le sors pas de son fauteuil de ministre pour seulement bâfrer un truc chez les rupins.

— Le pigeon, il t'avait dit quoi, tout à l'heure ?

— Qu'il préparait une expo à la con avec le vieux. Dans la mallette, il y avait des tas de feuilles. Je les ai pas lues.

— C'était peut-être vrai.

— La malchance, ça n'existe pas, frérot, pas pour nous. Il va cracher les diamants, je te le dis, s'enflamma l'aîné qui se leva aussitôt.

— On va où maintenant ?

— Récupérer ce putain de clébard dans ta fameuse zone avant qu'un débile nous le choure.

Cannelle, allongée sur une touffe d'herbe, soupirait, envahie par une tristesse puissance dix. Alberto lui manquait. À la vue des deux sbires, elle sauta sur ses pattes et commença à courir à l'aveuglette.

Le portillon grinça, signe avant coureur de la chasse. Dans cet espace clos, l'aîné et le cadet ne mirent pas longtemps à lui tendre un piège. Cannelle rejoignit, manu militari, le sac de transport.

— Elle a chié, annonça calmement le cadet, signalant une crotte fumante dans un coin.

— Y a pas qu'elle qui va chier dans son froc, son maître aussi quand je lui annoncerai que je détiens son clébard adoré.

— Et comment tu vas procéder, tu n'as pas son 06.

— Non, mais j'ai le numéro de la plaque d'immatriculation de sa bagnole de riche et je lui ai piqué des feuilles qui étaient dans sa mallette. J'éplucherai ça à la baraque des fois que. Des jaguars de ce style, ça ne court pas les rues. Si je n'ai rien de sûr, le receleur connaît sûrement un mec, qui connaît un mec, qui connaît un mec. D'ici ce soir, j'aurais l'info et je comparerai avec ce que j'aurai lu sur les papiers.

— Il faudra partager le fric avec eux.

— Il vaut mieux gagner moins que zéro. Nous avons trop investi dans cette histoire, toi et moi, pour annuler l'opération. Je renégocierai avec lui. T'inquiète pas, frérot, je gère. On poursuit la phase 2. Ce clébard nous oblige à réajuster le plan, c'est tout. Et le receleur, il sera content de toucher plus. Nous, on lui refile sa com et lui, il se démerde avec ses contacts. Ça, ce n'est pas notre affaire, ou alors, sa com reste la même et on paiera seulement celui qui nous fournira, direct, sans intermédiaire, le renseignement.

— Ça ira avec le chien ? Fais gaffe, elle a tendance à mordre.

— Un coup de pompe dans la gueule et elle ne mordra plus. Foutons le camp d'ici on nous a assez vus.

Un quart d'heure après, l'aîné grimpa dans le bus direction Anvers, puis Doel. Retour au bercail. Derrière la vitre, le cadet vit son frère en train de pianoter sur son mobile, puis remuer les lèvres. « Salut. Faut que tu me rencardes sur un mec. Ça urge. » Le O formé par l'index et le pouce lui indiqua qu'il pouvait partir serein. À Bruxelles, le receleur contacté activerait son réseau. Il ne l'avait jamais rencontré ; une précaution de son frère afin qu'il ne fût pas mouillé dans les combines ; l'aîné préservait son petit frère.

Le cadet s'installa au volant, passa la première, et engagea la Dacia dans les embouteillages. Il avait de la route à parcourir. Peut-être arriverait-il avant la nuit.

9

L'obscurité du lendemain inhibe tout espoir pour l'individu dans sa quête idéale du bonheur.

Trois jours avant le temps zéro.
Fin de l'après-midi.

Inconsolable.
Une pièce chaleureuse et épurée à la fois. Les murs étaient d'un blanc cassé. Une photographie d'un paysage bucolique ; une sérigraphie représentant une sculpture composée de deux énormes boules de papier blanc plus une sorte de cône surmonté d'un dôme tel un grillage fabriqué avec des tiges de métal rouge enchevêtré, d'Henri van Herwegen dit Panamarenko de son nom d'artiste intitulée Bernouilli ; toutes les deux étaient valorisées par des cadres argentés, accrochées au-dessus d'un bureau. Ce dernier était en orme massif, de forme ovale, recouvert de cuir fauve sur lequel se trouvait l'indispensable matériel nécessaire à un bureaucrate, sans omettre l'indispensable ordinateur de poste fixe. Une chaise au revêtement en velours flammé était réservée à l'usage de l'occupant des lieux. Il y avait aussi deux bibliothèques de même essence que le bureau à portes coulissantes positionnées de part et d'autre de la porte d'entrée et une table en bois recyclé

indéfinissable avec une imprimante posée dessus. Des spots au plafond diffusaient une lumière jaunâtre. Un ventilateur sur pied brassait l'air. Aucun siège n'avait été prévu pour les visiteurs. C'était un lieu consacré au travail dans une parfaite quiétude avec une fenêtre permettant d'apercevoir la place.

De ce bureau accueillant, celui du responsable de la gare de Bruxelles nord, Monsieur Paul Peeters, sortaient les lamentations de Alberto, traversant les cloisons et s'entendant jusque dans le hall. Les voyageurs, alertés par les pleurs s'apparentant plus à des beuglements de vache folle qu'à des sanglots humains, se hâtaient vers la sortie, persuadés qu'une échauffourée avait éclaté quelque part. Pour un peu, Paul Peeters aurait réquisitionné tous les bouchons d'oreille, mis à la disposition des passagers voyageant la nuit souhaitant dormir sans être bercés par le roulement de la ferraille sur les rails, pour ne plus subir cela.

Paul Peeters resta de marbre devant le visage convulsionné. Vingt-six ans de carrière à gérer les incohérences occasionnées dans la gare, il fut ardu de le déstabiliser. Il tendit un gobelet d'eau fraîche à Alberto à défaut de le lui jeter à la figure pour calmer ses nerfs ; les nerfs de qui ? on y aurait perdu son latin à départager l'un des deux protagonistes.

Le magnifique pull-over beige avait subi la contrariété causée par l'enlèvement de Cannelle. Des bouloches s'étaient formées aux poignets des deux manches à force d'avoir été triturés dans tous les sens. Et le tee-shirt s'exhibait en dehors du jean. Alberto offrait au spectateur Paul Peeters un style débraillé qui ne lui correspondait pas, mais alors, vraiment pas du tout, lui qui jurait par-dessus les toits qu'un individu devait avoir une tenue irréprochable quelles que fussent les circonstances. À sa défense, les circonstances étaient exceptionnelles. Même dans les drames les plus violents qu'il eut connus, il n'avait jamais eu pareille atteinte dans son intimité, surpassant le cadavre assis dans sa salle à manger deux années auparavant. Le rapt de son bébé d'amour avait foudroyé son cœur, un pauvre cœur morcelé dans la tourmente que Bernard, à peine arrivé, allait devoir recoller les morceaux.

Alberto s'agrippa à son compagnon comme à une bouée de sauvetage. « Si tu savais » hoqueta-t-il. « C'est affreux, affreux, affreux ».

Avec professionnalisme, Paul Peeters porta à la connaissance du couple les faits suivants : les caméras de surveillance visionnées au poste de sécurité n'avaient pu fournir de renseignements exploitables, l'angle de vue montrait à l'image un homme courbant le dos et se ruant vers la sortie avec un sac raclant le sol. Jamais le voleur ne tournait la tête vers l'une d'elles, ce qui aurait permis son identification faciale. Il n'y avait donc pas non plus le moindre indice se rapportant à l'éventualité d'un chihuahua présent dans ledit sac. Deux hypothèses avaient été échafaudées par l'agent de service : le voleur s'était débarrassé de l'animal gênant et celui-ci se cachait quelque part dans la gare, et au nombre incalculable de cachettes possibles, il serait difficile de le dénicher, ou bien le chien était bien dans le sac, mais il s'était aplati comme une crêpe au fond. Et le responsable de rajouter aux propos rapportés : « Si c'était un enfant ou un adulte, j'aurais mis tous les employés à l'œuvre, ils seraient sur le coup depuis la disparition, mais pour un chien, petit de surcroît... ». Il leva les bras vers le plafond.

Alberto imagina les pires scénarios suite au renoncement : Cannelle sous l'orage sans son manteau imperméable ou bien Cannelle errant dans les rues, affamée, fouillant les poubelles à l'image des rats d'égout. Et plus il tentait de les refouler, plus ils amplifiaient dans son âme. Lorsque l'éleveur avait placé dans ses paumes ouvertes la craintive petite boule de poils, il avait promis de veiller sur elle ; il avait failli à la mission. Impardonnable.

Et les pleurs redoublèrent. Impassible, Paul Peeters s'empara du paquet de mouchoirs en papier se trouvant sur son bureau et le confia à Bernard. S'ensuivirent les grondements sourds d'un nez soulagé de sa morve qui suspendirent provisoirement les plaintes, lesquelles s'intensifièrent dès que la valse des mouchoirs lancés vers la poubelle prit fin faute d'avoir tout consommé.

— C'est affreux, affreux, affreux, répéta Alberto, frappant le buste de Bernard avec ses poings. C'est de ta faute. Je pressentais depuis le début que cette aventure finirait mal. Cette idée était vouée à l'échec et tu n'as pas pris en considération mes avertissements. Cannelle kidnappée. Voilà le résultat de ta négligence, Bernard, et

— Viens. Ne dérangeons pas plus longtemps cette aimable personne qui a daigné nous recevoir, coupa Bernard avant que Alberto ne dévoilât au grand jour le motif du kidnapping.

La scène jouée par les deux hommes subjugua Paul Peeters. Un mélodrame à huis clos, un seul acte, un unique spectateur, un décor minimaliste, un texte écrit au vitriol. Il aurait aimé connaître la suite de l'histoire.

Bernard para les coups, n'ajoutant plus un mot, désarçonnant la curiosité de l'employé. Ce dernier, déçu, approuva d'un mouvement de bras et désigna la porte, l'ouvrit d'un geste solennel significatif, considérant l'entretien clos.

L'heure n'était plus aux jérémiades. Le responsable de la gare de Bruxelles nord était fier de s'être conformé à ce que le règlement attendait de lui : rétablir le flux piétonnier dans les couloirs menant aux quais avec la poigne d'un chef, subtiliser la pleureuse perturbatrice en la confinant dans son fief, endurer les manifestations rageuses de cette dernière, joindre l'automobiliste après avoir compris le numéro de téléphone portable entre deux hoquets et trois vociférations, et donner à intervalles réguliers les mouchoirs jusqu'à épuisement du stock qu'il lui faudrait renouveler sans tarder. L'épreuve avait été au-delà de ce qu'il pouvait accepter sans avoir le poil dressé sur la peau par l'agacement de cette perturbation dans une journée de travail réglée et minutée. La chronologie ordonnée reprenait enfin son cours après cette sollicitation à franchir le seuil du bureau dans le sens inverse.

Bernard et Alberto s'attardèrent quelques minutes dans la salle des pas perdus au parement de pierre blanche, un expresso chacun dans un gobelet en carton, touristes parmi les touristes égarés dans le vaste hall comprenant les guichets, la brasserie, la librairie et les autres boutiques de souvenirs, une galerie marchande à lui seul. Ils sortirent.

La ville était indifférente à ce qui s'était produit quelques heures auparavant. Les gens vaquaient toujours à leurs occupations, le buste droit ou le front baissé vers les souliers, pensifs, ignorant les émois autour d'eux. Les SDF dormaient toujours sur leurs cartons, saucissonnés dans une couverture puant la déchéance, la bouteille ancrée au pli du coude en guise de réconfort. Les chauffeurs de taxi lisaient le journal dans l'attente d'une course, voitures reluisantes en file indienne. Une société imperturbable.

L'horloge de la haute tour carrée indiquait déjà 18 heures 22. Ils stationnèrent devant le temps que Bernard eut son correspondant au téléphone et annula la visite qui réjouissait tant Alberto – elle avait été convenue entre eux depuis trois semaines. Il relata brièvement les faits et le besoin urgent de se rendre à Dijon. La rencontre à Jalhay fut reportée à une quinzaine de jours. L'échange se termina avec le soutien de leur ami belge dont le couple refusa l'aide spontanée.

Bruxelles - Dijon. 504 kilomètres. 6 heures de route via le Luxembourg ; s'ajouteraient les pauses inévitables avant d'arriver chez Dimitri Arkhipova vers deux heures le lendemain, samedi. Caféine ingurgitée durant le trajet pour garder les yeux ouverts. Monsieur Dimitri Arkhipova, une connaissance de Bernard que détestait maintenant Alberto.

Le désespoir imprégna le silence dans l'habitacle. Lequel des deux se résoudrait-il à le rompre avant que ne s'envenimât la situation ? Bernard entrevoyait la détresse qui coulait dans les veines de son compagnon, une détresse aussi noire que les sombres pensées qui continuaient à l'assaillir depuis la disparition de l'être aimé à la valeur inestimable.

Le voyage commença et les reproches ne tardèrent pas à fuser. La nuit serait longue.

10

L'esprit se nourrit de l'énergie cosmique des mots tandis que l'âme trébuche sur l'introspection narcissique d'un manichéisme primaire.

Trois jours avant le temps zéro.
Début de soirée.

Plusieurs fois dans le bus, l'aîné dut appuyer sur la tête de Cannelle pour qu'elle se tînt tranquille. Il y avait de la rébellion dans l'air.

Arrivé à Doel, l'aîné allongea le pas, pressé de rentrer dans cette maison qui l'horripilait pourtant. Il ne souhaitait pas répondre aux questions intrusives que ne manquerait pas de poser l'ancêtre de sa rue lorsqu'il passerait inévitablement devant chez lui, ce rescapé de l'exode villageois, sa journée consistant à attendre le retour de ses deux voisins : les jours ensoleillés, assis sur une chaise paillée aussi branlante que lui, les jours pluvieux, derrière sa fenêtre à guetter leur arrivée. Distraction d'un vieillard solitaire qui s'étonnerait de la présence d'un animal domestique lorsque l'argent manquait au foyer et représentait une bouche de plus à nourrir.

L'aîné ferma le sac de transport quelques mètres avant la maison du vieux, et le porta du côté opposé au regard du curieux.

— Eh, petit ! Tu rentres tôt, aujourd'hui ! interpella l'ancêtre.

— C'est vendredi, grand-père ! gueula l'aîné sans s'arrêter. *Déjà que j'arrive à pinces, m'emmerde pas le vieux.*

« Ah, ces jeunes » grommela le vieux, « de mon temps, on travaillait jusqu'à la tombée de la nuit. Fallait donner de sa personne pour que le patron soit content de vous. On ne comptait pas les heures ». Il regarda s'éloigner le jeune homme. « Son frère n'est pas un sauvage comme celui-là. Avec l'autre, au moins, on cause un brin » soupira-t-il. Il contempla avec satisfaction les rosiers entretenus et les parterres de lys encore fleuris, mais des tulipes, il ne restait que le feuillage. Il aimait les fleurs ; elles égayaient son jardinet depuis des décennies, ce qui n'était pas le cas des volets et du crépi qui nécessitaient une couche de peinture, et il en serait ainsi jusqu'à sa mort. Trop âgé pour manier le pinceau et trop pauvre pour engager une entreprise. Résigné, il quitta son poste d'observation. Le pas lourd, le dos voûté, il haussa les épaules et partit arracher des poireaux au potager. Il se souvint de celui de la Marie, la grand-mère des garçons, avec les rangées de haricots verts tirées au cordeau, les oignons et les aulx avec leurs tiges jaunies courbées sur le sol dans l'attente d'être ramassés, les tomates rougies, les pommes de terre à déterrer, et toutes les graines qu'elle semait au gré de sa fantaisie. « C'est pour voir si ça prend », justifiait-elle. Et, bien sûr, une fois sur deux, l'essai échouait. « À cause du climat qui est plus rude ici que dans le Sud », arguait-elle, une excuse qui valait bien une des siennes lorsque les semis pourrissaient avant d'avoir levé. Il se courba vers les légumes, tira d'un coup sec sur les plantes potagères, arrachant avec les racines des mottes de terre, et les secoua avec vigueur. De la main valide, il se massa le bas du dos ; la douleur persistante le fit grimacer. C'était au niveau de la région lombosacrée, gangrenée par l'arthrose, avait précisé le docteur qui lui avait conseillé de se ménager, mais, à son âge, il n'avait déjà presque plus d'activité, alors, s'il arrêtait de jardiner, que lui resterait-il à part les yeux pour pleurer ? Il ajusta son pantalon de toile souillé qu'il lui faudrait laver demain et alla préparer la soupe qu'il avalerait ce soir ; il en consommait été comme hiver.

L'aîné ferma la porte d'entrée et libéra Cannelle qui montra les crocs, menaçante. Cela le fit rire.

« Casse-toi, sale clébard ! Ôte-toi de mon chemin ! » menaça-t-il avec son pied.

Cannelle reçut le message cinq sur cinq et adopta une attitude moins agressive face à la violence verbale proférée à son encontre. Elle pénétra dans la cuisine, la truffe reniflant la crasse, et se faufila sous le buffet. Elle entendit la voix qui s'exprimait dans le couloir, puis aperçut les chaussures venant vers elle.

L'aîné ouvrit le réfrigérateur et les portes des placards.

« Putain ! Faut que j'aille lui acheter à bouffer ! Je n'avais pas prévu de te nourrir, le clebs. Tu auras du premier prix malgré ton pedigree à la con. Inutile de gaspiller des euros pour quelques jours. » Il gueulait, crachant sa haine envers les nantis qui nourrissaient leurs chiens avec une nourriture plus riche que celle qu'il achetait les jours de paye. Il claqua la porte d'entrée et enfourcha la bécane qui pétarada dans la rue désertée.

Aux vibrations perçues, Cannelle recula jusqu'à sentir le mur contre sa queue et demeura silencieuse jusqu'à ce qu'elle fût persuadée qu'elle était seule, le danger écarté. Elle s'extirpa de sa cachette, sauta sur une chaise et de la chaise sur la table. Sur ce piédestal, elle aboya de toutes ses forces pendant quelques minutes, puis son aboiement se transforma en un hurlement à la mort digne d'un loup perché sur un rocher une nuit de pleine lune.

L'ancêtre, intrigué par le bruit inhospitalier, baissa le feu sous la soupe qui cuisait à gros bouillons et sortit de son logis. Il se hasarda à remonter la rue, guidé par ce cri prolongé qui lui glaçait les sangs. Il ne mit pas longtemps à comprendre d'où il provenait.

— C'est chez toi que ça gueule comme ça, petit ?

— Faut croire. *Putain ! Il a l'ouïe fine, le vieux ! Ce con m'a attendu !*

— Vous avez un chien maintenant ?

— Ne vous en faites pas, grand-père, il ne sera là qu'une semaine ou deux. Je dépanne un collègue pendant les congés. Là où il allait, il ne pouvait pas l'emmener.

— Tu as les papiers de l'animal, petit, sinon tu auras des ennuis avec le vétérinaire si ton chien est malade.

— Et pourquoi il serait malade, le chien ? Et pourquoi vous me dites ça ?

— Oh, moi, je dis ça, je ne dis rien, petit, mais les vétérinaires sont méfiants avec les trafics d'animaux. Je l'ai vu sur le poste. La première chose qu'ils font à la consultation est de rechercher la puce. Et ton chien, je l'ai vu à travers le carreau. C'est un chien de race. Tu as ses papiers ?

Merde ! Je n'y avais pas pensé !

— Je ne sais pas, je n'ai pas cherché dans son paquetage, mais vous inquiétez pas, grand-père, je veillerai sur lui. Il ne lui arrivera rien.

— Et quand tu iras bosser lundi ? Ce n'est pas que cela m'ennuie, mais s'il gueule dès que tu t'absentes, il ameutera tout Doel.

— À partir de lundi, j'suis en congé. Il sera avec moi jusqu'à ce que je le rende au collègue.

— Et ton frère n'est pas avec toi ?

— Non.

— Bon. Ben, je rentre alors.

Pas convaincu, le vieux retourna chez lui et Cannelle dans sa planque après avoir deviné qui parlait dehors.

L'aîné claqua la porte d'entrée et balança le sac de croquettes sur la table de la cuisine, l'ouvrit et versa un peu de nourriture dans un bol tiré d'un des placards et dans un autre de l'eau. *Putain ! Ce vieux ne me lâchera pas ! Toujours à se mêler des affaires des autres ! Il fait chier !*

Il posa les bols au pied du buffet et attendit, debout, appuyé contre le réfrigérateur, au bord de la frénésie, consultant l'écran de son mobile jusqu'à ce qu'il lût la codification du fichier d'identification des carnivores domestiques.

« Merde ! Le vieux avait raison ! » bougonna-t-il tout bas.

Auparavant, un tatouage à l'intérieur de l'oreille suffisait. Aujourd'hui, la technologie ayant progressé, l'opération s'avérait rapide et indolore sous la forme d'une puce ayant la forme d'un cylindre d'environ un millimètre de diamètre et de trois millimètres de longueur implantée sous la peau de l'animal sans avoir recours à une anesthésie. Le code s'établissait ainsi : trois chiffres correspondaient au pays, deux à l'espèce, 26 pour un chien, les deux autres chiffres au code du fabricant, et les huit derniers à l'animal. Ce qui expliquait pourquoi, lui et son frère, n'avaient rien trouvé dans les oreilles lorsqu'ils les avaient vérifiées au parc.

« Allez, sors de là-dessous, le chien » dit-il, accroupi, la voix adoucie. Il poussa les récipients.

Cannelle se tenait sur la défensive. Elle grogna.

« Arrête un peu ton cinéma, le chien, et viens bouffer ou boire un coup ».

Cannelle recula les pattes avant.

« Puisque tu ne veux pas sortir de ton trou à rat, je vais t'aider ».

L'aîné quitta la pièce et revint, un moment après, les mains gantées de cuir.

« Alors, tu sors le chien ou je viens te chercher ».

Cannelle tremblait de peur sur place. Le pelage fauve recouvert de poussière et de toiles d'araignées avait pris une teinte grisâtre.

« Puisque tu coopères pas, le chien… ».

Il l'attrapa par la peau du cou et l'attira vers lui. Avec la main droite, il bloqua le museau et avec la gauche, gant retiré, il palpa tout le corps.

« Putain ! Je sens que dalle ! Et merde ! ».

Furieux, il la lâcha.

« Fais ta vie, le chien. Tu ne sortiras pas d'ici. Tu boufferas quand tu auras faim. Je m'en fous. Demain, j'aurai les infos. Dans une semaine, je serai débarrassé de toi et à nous, la vie de château » exprima-t-il, le regard torve en direction du meuble.

11

La primarité télépathique universelle s'est perdue par la faute de l'indigence du verbe.

Samedi : deux jours avant le temps zéro.
Début du jour.

L'air était doux. La terre gorgée de soleil durant la journée renvoyait la chaleur accumulée. Celle-ci butait contre les arbres de hautes futaies entourant la demeure construite à la fin du dix-septième siècle, 1 785 pour être précis, et revenait, tel un boomerang, se heurter à la fenêtre du salon derrière laquelle se trouvait le propriétaire. Dimitri Arkhipova ne dormait pas. Il était bientôt trois heures. Il scrutait le parc, les doigts caressant la télécommande du portail automatique. Il était soucieux. Il y avait longtemps que l'agent russe du Comité pour la Sécurité de l'État retiré des affaires n'avait éprouvé un tel sentiment. La balafre sur la joue gauche, dissimulée par une barbe grisonnante clairsemée – un assaillant avait visé la tête au cours d'une mission, mais il avait su dévier la trajectoire du tir qui avait taillladé profondément la chair sur son trajet – se creusa, étirant les lèvres pincées. Oligarque originaire de Moscou, le Moscovite avait opté pour une vie paisible sur le sol français et avait acquis depuis quelques années un château dans les environs de Dijon, un bâtiment aux nombreuses fenêtres suite aux agrandissements successifs, ne reflétant pas l'architecture féodale qu'évoquait le nom. D'ailleurs, nul n'aurait assimilé l'attitude du maître de maison à un châtelain, le côté mafieux convenant mieux à sa personne ; on restait tel qu'on avait vécu.

L'homme au crâne dégarni arpentait maintenant le perron, un cigare entre les doigts ; il avait bougé, bouillonnant d'impatience. La cravate en soie rouge rayée de vert – la porter était une habitude prise au KGB – avait été desserrée, trahissant la nervosité. Sur la chemisette blanche, des auréoles de transpiration au niveau des aisselles étaient visibles sous la faible clarté lunaire. Il essuya les paumes moites sur son pantalon beige en fine toile de coton et lin, ce qui ajouta des traces aux traces précédentes et tacha d'une façon durable le tissu. Aux pieds, il portait une paire de tongs Nubuck noires qui aurait gêné sa course s'il avait dû courir au temps de son engagement.

La caméra du visiophone dissimulée dans le trou d'un chêne centenaire détecta l'arrivée du véhicule sur le chemin gravillonné. Elle transmit l'information sur l'i Phone Pro 14 argenté.

Enfin.

L'appel de phares devant les vantaux forgés par un maître artisan local, un chef-d'œuvre d'entrelacs, suffit à les ouvrir.

Bernard engagea la Jaguar dans l'allée goudronnée. Une branche d'églantier ployant sous l'amas de fleurs au point de se rompre, le buisson étant prolifique début juillet, obligea le conducteur à se déporter vers la gauche. Sur le siège passager, Alberto ne desserrait pas les dents. Il tenait pour responsable de son malheur l'hôte les hébergeant qui allait lui être présenté sous peu. Il avait l'intention, au mieux, de le battre froid, au pire, de se jeter sur lui dès qu'il foulerait le sol.

Bernard aperçut le bout incandescent du Montechristo venant à lui.

Le fautif accueillit ses invités au claquement des portières.

Alberto découvrit l'environnement hostile à ses yeux sous l'éclairage des lanternes qui venaient de s'allumer. Une enfilade de vieilles poteries d'Anduze contenant des géraniums aux pétales rouge sang encadrait le parking. Une statue en pierre représentant une Vierge à l'enfant divisait cet alignement en deux portions distinctes et, à partir d'elle, partait un sentier plus ou moins dallé dont on devinait qu'il s'enfonçait dans le sous-bois attenant jusqu'à se perdre sous un amas de feuilles mortes à l'automne. Juste avant de gravir l'imposant escalier menant au perron, quatre buis avaient été taillés en forme de cônes dans des pots vernissés placés de part et d'autre de la première marche. Les pierres de la bâtisse étaient de couleur crème, assorties à l'encadrement des vitres. La toiture grise d'ardoises remplacées au fil des ans retint son attention. Accrochée à une des cheminées, une girouette se détachait au clair de lune. La silhouette représentait un dragon qui pointait sa gueule vers le nord. Il y vit un signe, celui de la puissance de la bête, le souffle de son feu détruisant les difficultés à combattre pour sauver Cannelle. Et ce fut dans cet état d'esprit qu'il accepta l'accolade.

Après avoir traversé le vaste hall d'entrée encombré par une profusion d'icônes – le propriétaire était d'obédience orthodoxe – d'où montait un escalier de marbre blanc vers l'étage supérieur, un bel ouvrage avec une rampe en fer forgé composée de rinceaux avec à son départ une tête de lion, Dimitri Arkhipova leur pria d'entrer dans le salon pendant qu'il allait chercher la collation préparée par sa gouvernante dans l'après-midi et d'abandonner leurs bagages à cet endroit, les volutes de fumée dans son sillage.

Le salon se composait ainsi : une cheminée, elle aussi, taillée dans un marbre blanc, avec deux chenets anciens imitant des bassets au centre du foyer inutilisé ce soir, devant elle trois canapés cuir blanc cassé, une table basse fabriquée avec des tubes de peintures usagés emprisonnés dans une résine sur laquelle avaient été déposés au préalable trois coupelles et trois verres à pieds en cristal, s'harmonisant avec une grande toile originale de Jackson Pollok représentant des coulures blanches, vertes, bleues, rouges et noires, sur fond ocre jaune, accrochée sur un des murs au-dessus d'un meuble bas dans des tons de gris, au sol deux tapis moutarde recouvrant partiellement les tomettes. Il était éclairé par un lustre en bronze d'où s'élevait une vingtaine de fausses bougies qui pendait au-dessus d'un piano à queue.

La lumière incommoda Alberto lorsqu'il entra. Ajouté à cela le manque de sommeil, il chancela sur ses jambes et s'agrippa au rebord de l'instrument, marquant de l'empreinte de ses doigts le bois laqué noir. Sensation de meubles tournant autour de lui jusqu'à ce que la main charitable de Bernard arrêtât le mouvement.

Lorsque Dimitri revint avec deux plateaux, les tenant à bout de bras tel un serveur apportant la commande, le cigare coincé entre les lèvres, le couple était enlacé, l'un soutenant l'autre et vice-versa. Il posa les mets sur la table basse et les invita à s'asseoir pour se restaurer, reprendre des forces après une si vive émotion et un si long trajet. « Goûtez ces spécialités de mon pays, mes amis » dit-il. « Je vais chercher la vodka. De l'Absolut à 40° ». Il abandonna le barreau de chaise dans le cendrier creusé dans un bloc de jade.

Alberto s'enquit auprès de Bernard des différents ingrédients qu'il dénombrait. Il y avait là de quoi nourrir tout un régiment. Cette avalanche de nourriture était la bienvenue ; elle effaçait le souvenir du repas insipide avalé sur l'autoroute. Des concombres farcis à base de saumon fumé, de fromage blanc, de ciboulette et d'aneth ciselés, étaient délicatement alignés sur un plat de porcelaine blanche. Dans un plat creux, une salade comprenait de la chair d'écrevisses et de crabes mélangée à des légumes coupés en dés crus ou cuits (betteraves, pommes de terre, carottes, champignons de Paris, concombre), assaisonnée avec une vinaigrette à l'huile d'olive. Une assiette de blinis empilés, et une de trois babas de Padolie pour le dessert, recette qui demanda des explications : safran, amandes, vanille, raisins de Smyrne et alcool. Il porta à sa bouche une fourchetée de salade contenue dans la coupelle remplie à ras bord par Bernard ayant anticipé son refus d'avaler ne serait-ce qu'une seule bouchée.

Au même instant, Dimitri arriva de la cuisine avec la bouteille rafraîchie et s'empressa de remplir les verres.

« за ваше здоровье ! À votre santé ! » traduisit-il, s'asseyant en face d'eux. « Mangeons et buvons à nos retrouvailles. Vos chambres ont été préparées par la gouvernante. Nous parlerons demain ».

L'invitation sonnait comme un ordre. Noyer le chagrin de Alberto dans l'alcool en guise de réconfort était l'idée de Dimitri. La méthode russe n'assurait pas la garantie du succès escompté.

Bernard était perplexe et inquiet à la fois, faiblesse passagère de la pusillanimité éprouvée. *Nous aviserons après quelques heures de sommeil.* Il étendit ses jambes endolories, prenant ses aises chez cet homme qu'il connaissait de longue date, à l'opposé de Alberto qui demeurait rigide sur le canapé.

12

Malheur à celui qui écoute son cœur, livré aux justiciers sentimentalement appauvris, il sera condamnable d'avoir aimé.

Deux jours avant le temps zéro.
Matin.

Le soleil inondait la chambre. Un rayon malicieux chatouilla la joue de Alberto, la caresse d'une plume. Il ouvrit un œil. Il était seul dans le lit. Il toucha l'oreiller à côté du sien ; il était froid, l'empreinte du corps de Bernard sur les draps aussi. Ce dernier avait déserté la couche depuis un moment. Il leva les yeux vers le plafond puis jeta un regard circulaire et détailla la pièce avant de remuer un orteil.

Le mobilier noir et beige côtoyait une déclinaison de rose apportée par les bibelots, les coussins, la carpette et les deux lampes de chevet. Des dessins noir et blanc avec un texte écrit dessous, dont il reconnut l'auteur Man Ray se détachaient sur la teinte crème des murs.

Intrigué, il se leva, s'approcha de l'une d'entre elles et lut la citation de Léonard de Vinci à voix haute : « on ne devrait pas désirer l'impossible ». Sur une autre, une phrase de Picasso avait été recopiée : « l'art lave notre âme de la poussière du quotidien ». Il inclina le buste vers les suivantes, mais la philosophie nietzschéenne : « la culpabilité est l'émanation de la morale de l'esclave » le ramena à la réalité.

Douche. Rafraîchir à l'aide des ciseaux de coiffeur la moustache et le bouc qu'il avait négligé depuis quarante-huit heures. Eau de toilette.

Il piocha dans la valise des sous-vêtements propres, un pantalon en lin marine, un polo bleu ciel, et jeta sur le lit les habits sales et le pyjama jaune de Naples qu'il avait ôté dans la salle de bains.

Il ouvrit la fenêtre, respira profondément, huma les effluves d'un jasmin en pleine floraison qu'il ne voyait pas. Il ferma les paupières un instant, un instant qui lui tira des larmes de bonheur. Souvenirs heureux d'une promenade au bord d'un canal avec Cannelle la truffe enfouie dans les pétales blancs de cette haie laissée à l'abandon au bout d'un parc. À qui avait appartenu cette somptueuse maison aux volets clos dont il ne voyait que des bribes en écartant les branches ? Il inventa l'histoire d'un couple aimant avec leurs enfants jouant à cache-cache derrière des massifs, des fontaines, des statues. Douloureux. Trop. Il entendit leurs rires, leurs voix chantantes, et dans cette fugace rêverie il perçut une conversation étouffée qui l'atteignit comme une balle en plein cœur. Le charme était rompu. Il soupira et descendit. Il guida ses pas vers les voix, et se perdit dans les couloirs.

— Monsieur cherche Monsieur ? questionna la gouvernante, une femme d'une cinquantaine d'années à la chevelure blonde, au regard froid et impénétrable que lui envoyaient des iris gris clair. Légèrement enrobée, elle était habillée d'un jean, d'un tee-shirt blanc, et de tennis aux pieds.

— Chère Madame, cette remarque est pertinente. Mon égarement est l'exactitude de vos paroles.

— Tout droit devant vous, répondit-elle sur un timbre tranchant.

Alberto, désorienté, n'avait pas vu la porte-fenêtre ouverte de la salle à manger qui donnait sur le jardin à l'arrière du château. Il traversa cette dernière, appréciant au passage l'ameublement Louis XVI et rejoignit les deux compères « costume cravate » discutant autour d'une table ronde.

La terrasse dallée n'avait pas souffert de l'usure du temps. Au contraire, elle resplendissait avec la déclinaison de vert qu'apportait la luxuriante végétation environnante qu'un artiste impressionniste aurait volontiers couchée sur la toile, un Giverny déplacé dans le département 21.

Non loin d'eux, s'affairait un homme de couleur avec un sécateur taillant ledit jasmin. Il avait les traits durs, une barbe grisonnante, un turban enserrant le front, et il était vêtu d'une tenue de travail aux multiples poches, portant de simples baskets à la place des chaussures de sécurité réglementaires.

— Ivan, ramène-nous le samovar pour notre ami. Ivan Alexeïevitch Zatotchy, précisa Dimitri à l'intention de Alberto. Lui et Alexandra, que vous avez dû croiser dans la maison, assurent la gestion du château.

— Et la sécurité, ajouta Bernard.

— Ах да ! Конечно ! Хорошо ! s'exclama-t-il en se tapant sur les cuisses.

L'homme à tout faire posa la bouilloire russe et s'éloigna de quelques pas, à l'affût d'un impossible danger puisque les diamants avaient été rangés dans le coffre sous l'étagère des lingots d'or pur et des écrins renfermant les monnaies rarissimes dès leur arrivée, le transporteur se délestant rapidement de la ceinture à billets.

— Bien dormi ? questionna Dimitri, assumant tôt matin son vice de fumeur.

— Une atroce nuit peuplée de cauchemars. Il est douloureux d'avoir la sensation d'être trahi par une personne de confiance.

L'allusion était poignante. Alberto avait la parole triste de celui qui a trop pleuré. La lassitude et le découragement avaient remplacé la colère. Il ne prévoyait aucune positivité à l'issue fatale.

— Naudin et Verdier, tes amis dont tu m'as tant loué les mérites, nous rejoindront chez nous, à Troyes, annonça Bernard, décision précipitée face à l'urgence qui avait éveillé un étrange sentiment de jalousie lorsque Naudin avait crié dans le téléphone : « j'arrive le temps de boucler la valise ». Je les ai contactés pendant que tu dormais. Ils abrègent leur séjour à Beaune et partiront demain, au plus tard lundi. Ils visitent encore deux caves aujourd'hui. Nous serons chez nous pour les accueillir avec notre ami Dimitri qui nous suivra avec sa voiture, et nous ferons tous les deux leur connaissance.

Une lueur d'espoir éclaira la prunelle de Alberto qu'un vent mauvais aurait suffi à éteindre à jamais. Pompounette, Marc, le capitaine Verdier. Bernard avait pris l'initiative de rameuter la troupe. Les roues de l'engrenage tournaient à vive allure. Il était illusoire de les arrêter et personne autour de la table ne le souhaitait.

13

La chaleur diurne compensa la fraîcheur nocturne, accompagnée par une musicalité animalière.

Deux jours avant le temps zéro.
Matin.

Il n'avait pas réussi à prolonger la distance au-delà de l'agglomération troyenne au volant de la Dacia, épuisé par les évènements qui s'étaient déroulés tout au long de ce vendredi inoubliable. Il avait stationné sur le parking d'une grande surface pour se reposer et s'était écroulé sur le siège repoussé à fond, les pieds touchant les pédales, la tête basculée sur le côté. Il avait dormi comme une souche jusqu'à ce que le va-et-vient des camions venant livrer leurs marchandises dès six heures finisse par le réveiller.

Les yeux bouffis, les cheveux hirsutes, les membres endoloris, il bâilla, s'étira et contempla son reflet dans le rétroviseur central.

« Ah, ouais, j'ai vraiment une sale gueule. Une tronche de déterré » dit-il à voix haute, constatant les dégâts nocturnes.

Il lissa sa tignasse avec ses doigts, souffla dans ses paumes, secoua ses jambes, fit craquer ses phalanges, et mit le contact. Il démarra et partit comme il était arrivé, indifférent à l'agitation qui régnait sur l'aire de débarquement. Ce n'était pas son monde. Lui, il voyait plus haut la lumière, il avait des rêves de grandeur. Il louait le dépassement de soi. Il fuyait la vie médiocre des travailleurs avec son entêtement à vouloir être le meilleur, et s'inventait un quotidien qui n'existait pas, il poursuivait l'invisible dans la course infernale de sa projection mentale.

Il appliqua scrupuleusement les recommandations de l'aîné et se mêla au flot de voitures matinales. Il se mit en quête de dénicher un troquet ouvert sur la nationale 19 ; de quoi se mettre quelque chose sous la dent avant de tomber en hypoglycémie. Il était ce caméléon aux yeux globuleux qui tournaient sa tête dans tous les sens pour surprendre sa proie, une enseigne éclairée n'étant pas un gage d'ouverture.

Il roula ainsi une vingtaine de minutes avant de pouvoir s'installer en terrasse devant un double expresso et deux croissants. Absence du frère. Nouveau départ. Aujourd'hui, il était maître de son destin. C'était un jour de bombance. Demain serait un jour maigre, car, demain, il s'appliquerait à accomplir son objectif et plus personne ne lui dicterait la conduite à tenir. Il savoura le moment, le nez dans la tasse, humant le parfum délicat du breuvage. Il claqua la langue, la satisfaction du plaisir volé. Il entama le deuxième croissant. Il croqua voracement. Des miettes échouèrent sur le tee-shirt. Il les porta à sa bouche. Elles avaient le goût salé de la sueur et de la crasse, le remugle désagréable de ce qu'il était. Il les avala quand même, ne voulant pas gaspiller un centième des viennoiseries défendues. Puis il mastiqua lentement, fit durer les minutes. Il prolongeait le temps, voleur du repos, avant le douloureux calvaire qui viendrait ensuite, comme toujours, car il viendrait, il le savait et il appréhendait son retour, c'était dans l'ordre des choses. Il fouilla dans la poche de son bermuda l'argent épargné sur les frais du voyage, sortit trois pièces de deux euros, se leva et porta la coupelle au comptoir, la tendit au serveur et encaissa la monnaie.

Fini la détente. Place à l'épreuve.

Il conduisait d'une manière plus saccadée maintenant, et ne répondait pas aux appels de phares qui l'aveuglaient par l'arrière.

« Ils font chier ! Qu'ils doublent ces connards ! J'ai encore du temps devant moi avant de me fixer. Faut pas louper l'embranchement a dit le frangin. Ouais ! Faut que je fasse gaffe ! » râla-t-il, tendant le cou vers le pare-brise, louchant sur les panneaux du réseau routier.

Il accéléra un peu, pour la forme, respectant la limitation de vitesse avec un doigt d'honneur sur le volant que les irresponsables ne verraient pas lorsqu'ils le dépasseraient, agacés, franchissant la ligne continue, même dans un virage, au risque d'y perdre la vie et celle des conducteurs d'en face respectueux du Code de la route, avec cette absurdité chevillée à la pédale d'accélérateur comme compagne de voyage. Puis il le vit, cette pancarte indicatrice, cet eldorado des causes perdues. Il clignota, un ultime geste rageur envers les autres, bifurqua devant un cheval quoaillant dans un pré, et s'engagea sur la départementale des espérances.

« Maintenant, ouvrir l'œil et le bon. Chercher l'emplacement idéal où poser ses valises sans se faire repérer, mais suffisamment proche pour la surveillance de l'ennemi ». Il adressa la requête à ce paysage étranger, décidé à trouver cet endroit où camper.

Et il le trouva, un havre de paix au milieu des saules argentés. L'eau, la forêt, et la terre conjuguaient ici leur force. C'était comme si le lieu l'avait toujours attendu, au bout de ce chemin forestier à une dizaine de mètres sur la droite et à cinquante mètres environ du lac. Une sorte de clairière créée par la main de l'homme. Des campeurs avaient dû séjourner là. L'herbe écrasée formait encore un cercle délimité par des branches d'arbres cassées d'une manière grossière. Des traces de pneus marquaient le passage de plusieurs véhicules. Une voie avait été pratiquée vers la rive. Parmi cette beauté sauvage, tranquille et préservée, il coupa le moteur, sortit, et ouvrit les deux portes arrière.

L'intérieur aménagé de la Dacia tel un camping-car miniature serait une demeure spartiate pour quelques jours seulement si tout ce qu'il avait envisagé avant de quitter Doel se concrétisait. Il y avait un réchaud à gaz et sa bouteille pour cuisiner, de la nourriture dans des coffres en bois vissés au plancher, deux jerricans d'eau potable de douze litres chacun, une table sur un pied coulissant en acier, vissé lui aussi, lequel, abaissé au niveau de la surface plane des coffres, permettait le couchage avec les six morceaux de mousse découpée dans un ancien matelas qu'il posait dessus le soir. En ce qui concernait la toilette et les toilettes, la nature environnante y pourvoirait ; il n'était pas difficile, ce n'était qu'une question d'adaptation.

Il jugea nécessaire de boire une boisson énergisante avant de commencer. De la réserve d'aliments, il attrapa une canette, tira sur la languette d'aluminium, et but goulûment le liquide tiède, émit une grimace aux dernières gouttes et songea au moyen de rafraîchir les prochaines. Il décida de mettre trois canettes dans un sac plastique noué avec une ficelle qu'il plongerait dans l'eau et accrocherait solidement. Puis il entreprit d'ôter les sangles retenant le canoë sur le toit, le fit glisser jusque vers lui.

Il tira l'embarcation jusqu'au rivage ; il ne voulait pas fatiguer inutilement les muscles avec une charge de douze kilogrammes. Il attacha le sac, point d'ancrage et de repérage. Il écarta les roseaux. Une couleuvre à collier s'éloigna en nageant dans la mangrove à son approche. Un héron cendré s'envola. Il inspira profondément, adressa une prière rapide à saint Elme, le saint patron des marins à défaut de connaître celui des pagayeurs, poussa le canoë dans l'eau calme du lac, et se hissa à l'intérieur.

L'aventure prit corps.

14

La nature complaisante obéissait à sa volonté, offrant l'ombre salutaire ainsi que l'eau bienfaitrice.

Lundi : temps zéro.
Matin.

Il s'était entraîné sans relâche depuis deux jours, ne ménageant pas sa peine.

La fatigue s'incrustait au niveau de ses genoux, de ses cuisses, de ses bras ; elle pesait sur ses hanches et sur ses épaules. Elle était un poids mort qu'il avait ressenti dès la première nuit peuplée de moustiques qu'il avait chassés d'un revers de main ou écrasés entre ses doigts sous un ciel illuminé vibrant de coassements pour fêter son arrivée. Elle avait été un poids mort à détruire pendant les heures d'un sommeil lourd pour continuer à manier la pagaie double le lendemain. Mais il était fier de ce qu'il avait enduré et accompli. Un exploit à ses yeux. Une performance inégalée jusqu'à ce matin.

Aujourd'hui, il se sentait prêt pour l'affrontement. Il était comme ce pic épeiche dont il percevait l'activité, pleupleutant et martelant le tronc d'un arbre avec son bec, fouillant l'écorce de façon méthodique, traquant l'insecte et la larve dans les moindres interstices. Déterminé. Comme lui.

Aujourd'hui, il avait soif de reconnaissance.

Aux aurores, il avait mis le canoë à l'eau, accompagné par les sons courts d'une bécassine des marais et le trille d'un merle noir dont il évalua leurs présences à une dizaine de mètres, la panse gavée d'un siluridé pêché la veille ; une ligne morte qui lui avait fourni le souper et le petit-déjeuner, tellement le poisson était gros, malgré son arrière-goût de vase qu'il avait su diminuer avec des rasades de Coca-Cola.

Il commença à pagayer doucement vers la droite, – hier et avant-hier il s'était entraîné côté gauche, loin du centre de préparation des élus belges – histoire de s'échauffer les muscles avant d'atteindre la vitesse de croisière qu'il jugea efficace au bout d'un quart d'heure. Abrité par la forêt des vents dominants, il glissa sur l'eau jusqu'à apercevoir le ponton à la longueur impressionnante, neuf mètres, conçu pour une mise à l'eau facile et rapide des embarcations, sur lequel une barge à queue noire reconnaissable à son long bec pointu, ses fines pattes et son long cou lissait ses plumes. L'oiseau ne semblait pas être incommodé par la chaleur montante tombant sur son plumage, ce soleil impitoyable qui rougissait les visages, les cuisses, et les bras des hommes. Bientôt une fournaise qui alanguirait les mouvements. Une pesanteur, une chape de plomb. Bientôt une peau boucanée, burinée à l'image de celles des marins bravant la haute mer quelle que fut la saison.

Il pagayait, mais il était à cran depuis son réveil et devait agir rapidement avant de finir chez les fous avec une camisole de force, obnubilé par la décision audacieuse lui vrillant le crâne. Une partie de lui voulait gagner et l'autre lui serinait qu'il serait toujours l'éternel perdant ; perdre lui donnait la nausée ; perdre, c'était vomir sa dignité, son orgueil.

Il tourna le buste vers le milieu du lac. 8 heures 30 et les sportifs étaient déjà à l'entraînement, trop loin et trop concentrés sur leur préparation aux jeux olympiques pour l'empêcher d'accoster.

Gonflé à bloc, il passa la paume sur le bois du ponton. Il eut la sensation de caresser la peau d'une femme. C'était doux au toucher. Du velours cuisant. Il hissa le canoë tant bien que mal et se redressa. Il bomba le torse, conquérant des JO, le premier de cordée, et se dirigea vers le bâtiment situé à environ cent mètres du lac construit sur pilotis pour épouser le terrain naturel et se fondre dans le paysage – il s'était documenté auparavant. Le plancher sur lequel il avançait, confiant, vers la terrasse, était brûlant et soyeux à la fois. Sensation cotonneuse d'un bonheur mérité. De la ouate l'enveloppant, piégé dans une cocotte-minute. Il suait à grosses gouttes. Il vivait le présent avec fascination sans songer à l'après, un après si tangible qu'il s'effondra sans crier gare.

Une porte claqua, refermée avec violence qui provoqua l'envol d'un héron blanc.

— Qu'est-ce que tu fous là, bon sang ! gueula l'homme qui venait de sortir. L'agressivité lui octroyait le pouvoir, celui d'un chef de meute.

Le cadet chuta de son nuage et atterrit, de façon inattendue, sur un roc d'hostilité. Mal au cul d'être sermonné de la sorte.

— Vous devez m'inclure dans l'équipe, coach. Je vous ai prouvé à maintes reprises que je ne faillirai pas. La preuve, je suis là. J'ai fait le voyage. Ça m'a coûté un bras, je n'ai pas de mécène et du côté de la famille, il n'y a que mon frère pour participer aux frais. Je m'entraîne dur depuis que je suis arrivé. Il s'abstint de lui préciser que son entraînement n'était vieux que de deux jours seulement. Donnez-moi ma chance.

— Ne te fous pas de ma gueule ! Tu n'as rien à faire ici à m'emmerder dès le matin ! Tu es de trop ! Tu n'as pas été sélectionné, alors, dégage avant de perturber l'équipe ! s'emporta Gabriel Claes, peu enclin à s'apitoyer. Et j'ai d'autres soucis à régler !

À 52 ans, l'homme à la carrure athlétique, cheveux et barbe grisonnants, était intransigeant. Il n'admettait aucune remarque, aucun compromis, face à la sélection qu'il avait effectuée au sein des clubs nautiques lors de sa tournée en Wallonie et en Flandre. Entraîneur sportif olympique depuis plusieurs années, il avait foi en son jugement et celui qui le sollicitait depuis des mois, tel un désespéré, ne valait même pas la peine qu'on s'apitoyât sur son sort. Dans le monde de la gagne, les incapables étaient éliminés d'entrée de jeu. Aucune autre forme de procès. Et ce môme refusait le verdict. Dans son pays, au début, il avait modulé les paroles, l'avait gentiment renvoyé dans ses quartiers, mais il était devenu répugnant avec son entêtement frisant l'obsession maladive, flirtant avec le ridicule. Et le fait de se tenir devant lui, la face rougeaude, était l'illustration qu'il fallait l'éliminer une bonne fois pour toutes avant d'avoir des problèmes.

— Coach

— Ne m'appelle pas coach ! s'emporta Gabriel Claes, énervé puissance dix. Je ne suis pas ton coach ! Tu n'as toujours pas compris que tu as été exclu du tri opéré ! Fous-moi le camp !

— Vous avez préféré retenir ce black à la gueule tatoué qui emporte son cochon d'Inde à la con partout où il va. On a le même âge, lui et moi, le même avenir, argumenta-t-il avec une conviction peu crédible.

— Faux, deux ans de moins et lui, il a du muscle, pas de la graisse lui servant de bouée de sauvetage. Et son cochon d'Inde, si ça le détresse avant les éliminatoires, tant mieux, il sera encore plus performant aux 1 000 mètres. Et toi, pauvre crétin, tu prétends équivaloir à Kambire Akpoué Kouassi, ou pire, battre son record. Quel petit prétentieux tu es. Maintenant, tu te tires d'ici avant que je ne prenne les mesures nécessaires en portant plainte auprès du comité olympique pour perturbations intempestives.

— Quatre dans l'équipe, ce n'est pas beaucoup. Et si votre chouchou se blesse. Prenez-moi en tant que remplaçant, je ne vous décevrai pas, coach, ratiocina le cadet. Il était à bout d'arguments.

— Petit con ! Tu vas encore longtemps nous faire chier ! menaça Gabriel Claes, les doigts sur l'écran de son smartphone. Ne t'avise pas de parler à mes gars !

— Mais

— Tu dégages, je te dis, ou je téléphone ! Dernier avertissement !

Derrière les fenêtres du bâtiment, les équipes concurrentes jouissaient du spectacle, présageant que l'altercation déstabiliserait le clan belge. Une joute verbale bienvenue dans la course.

Le trille du merle de ce matin avait été remplacé par un chant peu amène avoisinant des notes délétères. Le cadet arrondit le buste, il ne pouvait se permettre d'être radié de la Fédération ; il s'étiola sous la menace. Il bascula dans le vide que nourrissait la douleur causée par les mots. Incessante, elle dévorait à l'envi la certitude de la place chérie convoitée depuis Doel. Il aurait accepté de se repaître d'une miette. L'autre lui avait refusé ce privilège. La douleur l'entraîna vers les abysses ; il toucha le fond et finit par se noyer dans l'amertume du rejet. Il n'avait plus de but. Il songea à une douce mort, celle dans laquelle il glisserait sans effort puisqu'il ne pouvait lutter contre l'anéantissement du rêve de gloire. Et il trébucha sur sa défaite. Il glissa sur le ponton en remettant le canoë à l'eau, grotesque dans son incapacité à manœuvrer correctement l'outil de son espérance sous le regard amusé et moqueur de l'ennemi, celui qui surveillait son départ et ceux qui fendaient la surface bleutée en se rapprochant du bord, mordus par la curiosité. Il entendait les railleries sans les ouïr. Il devinait les sarcasmes jetés au vent, emportés dans l'œil du cyclone dévastateur. Il lui fallait disparaître avec sa honte, un bagage lourd à porter. Il attrapa la pagaie avec la mollesse d'une rage éteinte et s'enfonça dans la mangrove. Les grenouilles se turent, muettes de stupeur ; la couleuvre à collier resta tapie sous la pierre. Et l'idée de mourir surgit à nouveau.

La mort était la solution.

15

La charité apporte son soutien à la bienfaisance dans un monde empli de discordances égoïstes et de conditions humaines disparates.

Temps zéro.
Matin.

Les plaintes n'avaient été plus qu'un murmure, étouffées au fond de la gorge. Ayant épuisé son quota de suggestions, Alberto avait rendu les armes. Il avait consenti à demeurer le week-end à Dijon. « Pour organiser la riposte » avait argumenté Dimitri. « Quelle riposte ? » s'était-il demandé. Il n'y avait eu aucune revendication depuis le rapt. Pas de quoi pavoiser avant le dénouement.
Rien.
Nada.
Le silence radio sur les ondes revendiquait la mort assurée de la chienne. Et le maître avait digéré la fatalité, bon gré, mal gré, la déprime en sus.
La Jaguar et la Mercedes ayant été garées dans le parking privé à quelques rues du domicile de Bernard et Alberto ayant souhaité passer à son appartement avant l'arrivée de leurs invités, l'hôte avait endossé le rôle du guide touristique aubois. Il désignait à Dimitri en marchant les

maisons à colombage rénovées, le pavage des rues perpendiculaires à celle empruntée, les enseignes travaillées à la forge, et les boiseries sculptées de certaines devantures. Tous deux traînaient derrière eux leurs valises à roulettes.

Dans la cour intérieure de l'ancien hôtel à la façade lie de vin, le Moscovite s'extasia sur le chef-d'œuvre architectural de la fin du seizième siècle et s'alarma lorsqu'il sut qu'il lui faudrait gravir l'escalier en bois en colimaçon desservant les trois niveaux. Il ahana toutes les trois marches. Soufflant comme un bœuf sur le palier du dernier étage, l'extase russe atteignit son paroxysme lorsqu'il jaugea la somptuosité de l'appartement ayant une vue imprenable sur la ville.

Dans l'entrée, une accumulation d'œuvres rares lui procura la sensation de pénétrer dans un musée. Une collection de bronzes animaliers du sculpteur François Pompon sur une console en palissandre accueillait les visiteurs. Le ton était donné, on savait à quoi s'attendre.

Le salon était agencé dans un style anglo-saxon : un canapé trois places et deux fauteuils au cuir vieilli d'une teinte vert bouteille, une table basse aux violons enchevêtrés signée Arman, une bibliothèque en acajou datant du dix-neuvième siècle aux portes vitrées donnant à voir des ouvrages anciens magnifiquement reliés, des gravures à l'eau-forte reproduisant des scènes de chasse sur un mur et sur un autre une toile d'un artiste inconnu d'abstraction lyrique dévoilant son éclat à la lumière diffractée par les vitraux colorés des fenêtres, un bonheur-du-jour inutilisé sur lequel une lampe Tiffany fut aussitôt allumée par Bernard.

Dimitri pénétra dans une des deux chambres d'ami. Nuances bleutées des murs, du tapis et de l'édredon. Le lit avait l'élégance du classique ; les courbes arrondies d'un chêne naturel rehaussaient la garniture capitonnée beige aux clous tapissiers apparents et de chaque côté, des chevets dans les mêmes tons – pareil pour l'armoire – où trônait sur chacun d'eux une lampe d'environ trente centimètres de hauteur dont le pied provenait des célèbres verreries de Murano avec un abat-jour à franges bordé de galon, les deux se déclinant dans un bleu marine profond ; au-dessus de l'ensemble, un large et haut miroir Marie-Antoinette piqueté par endroits, gage de l'authenticité de son ancienneté.

La deuxième chambre avait été attribuée au capitaine Verdier au cours du trajet. Elle était semblable quant à son ameublement qui, lui, baignait dans des teintes ocre. Il avait été décidé que le lieutenant Naudin et son chat logeraient, impérativement, chez Alberto.

Dimitri poussa la porte de la salle de bains attenante. Elle resplendissait dans son carrelage vieux rose et sa robinetterie dorée. Elle offrait tout le modernisme adéquat : miroir chauffant, sèche serviettes mural, baignoire à bains bouillonnants, extracteur d'air, etc. – celle de l'autre chambre était sa sœur jumelle.

Appropriation du territoire.

Dimitri rejoignit à pas lents le salon.

— Bernard ? Где ты ?

— Ici, au fond du couloir, répondit ce dernier qui avait acquis les mots usuels russes au contact de son ami.

Il s'affairait autour d'une table en verre sur laquelle étaient alignés différentes fioles, une loupe, et des pinceaux dans une terre cuite de forme ronde. Le mobilier était en inox : sur la droite en entrant, des étagères supportaient des livres dont le sujet principal était l'évolution de l'art à travers les siècles, une manne d'informations indispensables au métier exercé, sur la gauche, un chiffonnier à tiroirs étiquetés, un évier encastré dans un meuble industriel deux portes et une desserte avec divers accessoires spécifiques à la restauration et à l'expertise. Sous la fenêtre donnant sur la rue, un imposant coffre-fort de la marque Ficher Bauche préservait du voleur les œuvres confiées. La pièce était reliée à un système d'alarme. « Sophistiqué » pensa Dimitri après observation du boîtier, « autant que celui sur lequel a pianoté Bernard quand nous sommes entrés ».

— Ton antre me rappelle la morgue de mes lointains souvenirs. Froide comme la Sibérie.

— Qui se résume à travailler efficacement. L'esprit n'est pas sujet à divagation. La poche de sa veste retentit.

Bernard sortit son iPhone 11. Un appel de Verdier. Naudin avait garé la 2 CV bordeaux aux ailes noires au parking de la cathédrale préconisé par les Troyens. Il relaya aussitôt l'information à Alberto.

— Ils sont arrivés. Ils seront là dans une vingtaine de minutes, le temps que le lieutenant prenne possession de sa chambre. Une formalité, annonça-t-il, se tournant vers Dimitri. Allons préparer de quoi nous sustenter.

Dimitri approuva du chef.

Direction la cuisine.

16

Néantiser l'après apportera la sage pacification et l'égalité judiciaire.

Temps zéro.
Fin de matinée.

Alberto n'avait pas le cœur à se réjouir lorsqu'il ouvrit la porte bien que le soutien de ses nouveaux amis réchauffât son âme en les voyant.

Verdier eut un haussement d'épaules quand il découvrit l'endroit où vivait celui qui les accueillait. *Une cocotte des années vingt. Des froufrous, du rose et du gris, des coussins à foison sur le lit à ne pas savoir quoi faire avec, des miroirs grands comme à Versailles, des lustres à papilles, des moulures en veux-tu en voilà, des tapis partout – bon, ça, ce n'est pas une mauvaise idée pour la plante des pieds, moi qui ne marche souvent qu'avec des chaussettes à la maison –, mais, bon sang, comment peut-on réfléchir dans un bazar « guimauvé » à ce point ? Je ne m'étonne plus qu'il ait opté pour un chihuahua de pure race ; le choix colle au personnage.* Il souriait de l'intérieur et crut entendre des mots-valises tant les phrases que prononçait Alberto arrivant dans la salle à manger salon, la chatte blottie contre son torse au point de l'asphyxier par un amour démesuré, étaient hachées ; les syllabes mises bout à bout entraînaient une sonorité nouvelle digne du folklore ; c'était la gaîté d'un triste chant. Le cœur psalmodiait une berceuse aux oreilles de la bête et celle-ci tendait le cou pour le plaisir de la « gratouille » ou pour, beaucoup plus probable, se sauver des bras piégeux.

— Vous devriez la laisser gambader pendant notre absence, hasarda Verdier, pressé de partir, suffoquant sous les tonalités douceureuses. *Et faire sa crotte et pisser, y songe-t-il seulement.*

— Il n'est pas question de se séparer d'elle ne serait-ce qu'une seule seconde, capitaine. La pauvre serait affolée dans un appartement dont elle ignore les coins et les recoins. Nous avons déjà perdu ma

Alberto craqua. Les larmes contenues depuis qu'il avait caressé le pelage soyeux de Pompounette se déversèrent sur les poils du félin à l'image des fissures du barrage de Malpasset cédant sous le poids de l'eau. La chatte inondée se débattit. Avec l'aide de son maître, elle finit par se dégager de l'emprisonnement. Les pleurs déferlèrent maintenant sur l'épaule amie.

Pompounette, un chat noir de toute beauté, adulée par son maître félinophile, renifla l'odeur de cannelle. Elle explora l'appartement la queue dressée, les moustaches au vent, les prunelles rétrécies, et revint sur ses pas, bredouille, la morosité incrustée dans ses iris jaunes.

Las, Verdier pivota une chaise et posa son postérieur dessus, la valise entre les jambes. Il attendit avec impatience que la crise s'arrêta, redoutant la suivante, car il présageait qu'il y aurait d'autres épisodes formant une série inépuisable de sanglots. Il s'alanguit sur l'assise vieux rose, s'interrogeant quant à l'intérieur où vivait son collègue qu'il ne connaissait pas. Existait-il une similitude des genres ? Une propension à l'adhésion d'une communauté par uniformisation ? Non. Il chassa l'idée de son esprit. Naudin était un flic avant tout ; c'était un des leurs, un dur à cuire, pas comme celui qui pleurait sans retenue. Il revint à l'essentiel. *Ça promet.* Vingt minutes le cul sans frémir avant de lever le camp, les pensées voyageuses. *Les hommes ont inventé les frontières et les animaux les franchissent sans se heurter aux obstacles d'une vie. Ils sont libres, hors la loi.*

Alberto ouvrit la marche. Il s'était emparé de la caisse de transport de Pompounette et n'avait pas l'intention de la lâcher avant leur destination finale. Il s'était octroyé le titre de protecteur des félidés à défaut d'avoir été celui des canidés. Un transfert sentimental animalier qu'aurait diagnostiqué n'importe quel psychanalyste concerté. Et Naudin, conscient du problème affectif, avait donné son consentement, lançant un regard appuyé à son collègue, coupant l'herbe sous le pied à la moindre remarque, lequel collègue se foutait bien de ce déplacement émotionnel s'il lui garantissait une pause silencieuse pendant quelques heures. Verdier avait besoin d'une relative quiétude pour aligner ses idées. C'était bien connu de la brigade, d'autant qu'il avait de plus en plus souvent des trous de mémoire compensés par de nombreuses notes sur des post-it qu'il finissait par perdre, ce qui revenait au même.

La vue de l'escalier à monter eut le même effet sur le capitaine qu'il avait eu sur Dimitri ; il pesta contre l'épreuve infligée – il avait reçu une balle dans la hanche douze ans auparavant lors d'une intervention, et, depuis, il claudiquait ; il avait déjà eu son compte de surprises depuis 48 heures.

Naudin, bon prince, lui arracha la lourde valise des mains – il avait anticipé les besoins vestimentaires de son supérieur hiérarchique, Verdier, minimisant son stock, était souvent contraint à une sortie shopping au cours d'une enquête – et, malgré sa corpulence, 80 kg pour 1 mètre 85 quand même, avala les marches deux par deux, propulsion de son corps grassouillet, devançant Alberto qui, lui, accorda le rythme de l'ascension à celui du râleur.

Et les surprises ne s'arrêtèrent pas qu'au palier.

Après avoir franchi le seuil, Verdier stoppa net au milieu du couloir. *Il est dit que rien ne me sera épargné dans cette enquête. Après le « Chouchou » de Allouache, je déambule dans le « Louvre », un musée où mes gestes devront être calculés sinon gare à la casse. Le salaire d'une année englouti dans des débris. Bon Dieu, j'aurais peut-être dû séjourner avec le lieutenant au milieu des fanfreluches ; là-bas, au moins, tout danger aurait été écarté, mais ce qui est, sera. Et voilà le fameux Bernard. Il n'a pas l'air commode, le tôlier.*

— Fort aimable à vous de m'héberger, Monsieur von Hartung, prononça Verdier le bras tendu.

— Il y a méprise, cher capitaine, je ne suis que l'ami de Bernard et de Alberto. Dimitri Arkhipova, annonça-t-il d'une voix caverneuse. Il claqua des talons et lui écrasa les phalanges de sa poigne d'ancien agent du KGB.

Verdier sursauta. *Et le salut militaire ? diable, quel curieux personnage.*

— Venez, je vous conduis à votre chambre. Nous sommes voisins. Le lieutenant y a déjà déposé votre valise.

— Notre hôte n'est pas chez lui ?

— Il s'affaire dans la cuisine.

Verdier outrepassa l'injonction russe et s'avança vers les fourneaux, humant le délicat fumet qui s'échappait d'une sauteuse.

— Capitaine Verdier, bienvenue dans mon humble demeure. Soyez ici chez vous, dit-il, observant à la dérobée, surveillance de la recette oblige, ce policier aux allures de Maigret avec son 1 mètre 65, ses yeux et sa chevelure gris, ses lunettes à large monture, ce corps chétif dans un pantalon à pinces, une chemisette à carreaux, un gilet de coton gonflé par le holster sur son flanc droit dans lequel il glissait amoureusement un Glock 17 semi-automatique des années quatre-vingt, chaussé de mocassins ajourés.

— Monsieur von Hartung, bafouilla Verdier.

— Oui ?

— Je tenais à vous exprimer notre remerciement pour votre hospitalité à notre égard. Que de belles choses ornent ces lieux. *Et quelle angoisse d'y naviguer.*

— N'est-il pas ! Elles ont été acquises au fil des ans. J'aime être entouré d'œuvres d'artistes connus du grand public ou dénichés dans des ateliers miteux où ma venue apporte une aide financière substantielle à ces créateurs méconnus bourrés de talents. Déformation professionnelle. L'art habite autant mon logis que moi-même, et mon Alberto est acquis à ma cause. D'ailleurs, vous avez pu le constater chez lui.

Froncement des sourcils, rides sur le front plissé, comparaison des deux habitats par un capitaine dubitatif.

Bernard souleva le couvercle, vérifia la cuisson des cailles rôties aux raisins secs sur un lit d'échalotes arrosées d'un verre à liqueur de porto rouge. Le chuintement de la cocotte-minute prévint le début de la cuisson des pommes de terre en robe de chambre.

Minuterie. Réglage dix minutes mis à profit à la désinhibition des esprits par un bouchon de champagne savamment ôté du goulot. L'œil à la dérobade, le sourire complaisant, Bernard savait recevoir.

La flûte coincée entre ses doigts, le chatouillis des bulles piquant ses narines, Naudin, boudiné dans un jean délavé et un polo bleu ciel, les yeux et les cheveux couleur de jais, eut la nostalgie d'un foyer en regardant évoluer Bernard et Alberto. Il rêva d'une vie de couple au coin d'un feu de cheminée, des flocons de neige tapissant la campagne, ce qu'il n'aurait jamais avec son boulot de flic, du moins le croyait-il. Il soupira dans sa barbe.

Les conversations roulèrent sur leur principal sujet au cours du repas. Alberto écoutait, silencieux. Il cherchait à détecter la brèche dans les hypothèses dites, leur prouver qu'ils avaient, de nouveau, tort, que leurs pièges étaient invraisemblables, et, pourtant, il ne trouvait aucune réplique valable à leur soumettre. Les mots lourds de sens reflétaient le précipice dans lequel ils tomberaient tous, glisseraient vers l'absurdité irrémédiable, gouffre sans fin de la difficulté à accomplir la tâche. Ressentaient-ils, tous, là, repus, digérant ces plats copieux, l'imminence du péril ? Ils passèrent au salon discourir pendant la pause-café.

Chargé du plateau, Bernard surprit un Alberto mélancolique, le front sur l'épaule du lieutenant, et, pour la première fois de sa vie, il perdit contenance ; les tasses s'entrechoquèrent. Les secondes passées à poser ledit plateau avaient la force de résolution du problème arithmétique que mettait une baignoire à se vider durant un laps de temps donné ; il en perdit le compte et sa sérénité ; un sentiment venait de naître, il était jaloux. Il lui fallait dévier l'orientation de son compagnon vers une personne neutre et attachante. Il suggéra à l'assemblée d'adjoindre le lieutenant Morgane Duharec dans la confidence et bénéficier ainsi de ses conseils avisés, proposition qui fut acceptée par 4 oui et 1 non. Le vote négatif avait été, fidèle à sa réputation, celui de Dimitri aux actions expéditives peu recommandables.

La réponse tomba comme un couperet : le lieutenant Duharec était occupé par la disparition d'un athlète signalée en début d'après-midi.

Et Verdier, cruciverbiste à ses heures, de rajouter sur un ton complaisant comme s'il remplissait les cases d'une grille avec des mots : « La vie est alimentée par la mort. Mort d'animaux, de plantes, de légumes, et de fruits. Homme cannibale auréolé par ses pulsions de survie jusqu'à confondre crime de sang et moralité. La faim est assouvie de nos jours par la normalité. Abattoir, arrachage, récolte, végétarien, végane, viandard, tout ça n'est que foutaise. La mort engendre la vie ; c'est l'espace vital enfermé dans le reniement de l'abjecte vérité, et la croyance permet de rendre acceptable l'inacceptable ».

Alberto se redressa dans le canapé. Naudin écarquilla les yeux à l'écoute de ce discours abscons. Dimitri laissa se consumer le Montechristo dans le cendrier en cristal déposé sur la table du sculpteur à son attention. Bernard, pragmatique, téléphona au détective Gilbert Grand avec la promesse de se libérer rapidement.

17

Le vent s'engouffre dans les rêves nocturnes, balaye les idéaux tel une tornade progressive d'un lendemain incertain, s'infiltre dans l'inconscient et chasse un devenir imaginaire et furtif, tourbillon méningé de nos pensées qui se meurt en notre réalité réveillée.

Temps zéro.
Début de l'après-midi.

Pourquoi les gens ont-ils la fâcheuse idée de se volatiliser quand on s'apprête à becqueter un morceau. Et dire qu'il y a vingt minutes j'étais sur le point de manger avec Marc chez Gilo, notre pizzeria de prédilection, et, maintenant, je bouffe un sandwich dans la bagnole, une main sur le volant et l'autre qui passe les vitesses avec un semblant de célérité. La joie que j'ai éprouvée ce matin à déjeuner avec mon homme a été pulvérisée en une fraction de seconde, la calzone en travers du gosier. Celle-là, je ne risque pas de la digérer. La rancœur du lieutenant de police Morgane Duharec était tenace ; elle lui assurait efficacité et rendement pour rentrer au QG le plus vite possible. *Pour une fois que je porte ma robe Desigual avec mes sandales assorties, le boss m'envoie me pourrir les fringues au bord du lac. Il n'a même pas remarqué que je n'avais pas la tenue adéquate pour le job ; il s'est moqué de mon « excentricité matinale » comme il a dit sur un ton narquois que je ne lui connaissais pas, comme quoi la personnalité de quelqu'un se dévoile parfois de façon inattendue.*

Moi qui l'avais jugé conciliant, à l'avenir, je me méfierai de lui. Un boss reste un boss en dépit de la sympathie qu'on lui porte. Son ordre de mission est une punition, ou une échappatoire, à moi de juger les desseins de mon supérieur hiérarchique. Soi-disant que l'enjeu est « diplomatique ». Tu parles d'un enjeu. Beaucoup de bruit pour une fugue, pour une envie de s'offrir une escapade sur un sol étranger aux frais de la princesse. Quand on est jeune, beau et vaillant, on aspire à des activités plus lubriques que sportives. Quoi de plus normal quand les hormones s'affolent.

La Citroën C 1 rouge vermillon dépassa la capitainerie du port de Dienville et s'engagea sur la voie amenant aux installations du centre d'entraînement du lac du Temple. La résidence du Lac d'Orient dépassée, elle roula encore quelques kilomètres avant de se garer sur le parking de la base nautique où l'attendait l'entraîneur belge.

Planté sur le ponton, une paire de jumelles scotchée sur les yeux, Gabriel Claes balayait l'horizon. La musicalité des talons sur le bois arrêta son balayage, et la vue de la nymphette augmenta sa nervosité. L'agacement dans l'air était palpable, le machisme à fleur de peau aussi.

— Lieutenant Duharec, dit-elle d'une voix ferme.

— Gabriel Claes, l'entraîneur, répondit-il les lèvres pincées, dévisageant la frêle jeune femme aux cheveux auburn coupés à la garçonne, habillée de pied en cap pour une sortie shopping. Il évalua son âge entre trente et trente-cinq ans ce qui n'était pas une approximation fausse puisqu'elle avait trente-quatre ans révolus. L'alliance à son annulaire gauche lui prouva que la dame avait convolé en justes noces.

— Qui manque à l'appel ?

— Un de mes gars.

— Son nom ? demanda Morgane, extirpant de son sac à main un bloc-notes et un stylo-bille d'un magnifique graphisme arc-en-ciel, car le lieutenant était une adepte de la couleur luttant contre la sinistrose pour égayer le quotidien jusqu'à envahir son bureau au commissariat affichant un dégradé jaune orangé de ses dossiers sur les étagères, des plantes vertes dans des cache-pots arc-en-ciel qui changeaient régulièrement de place faute d'espace libre, et des photographies de coucher de soleil sur la mer Méditerranée.

— Kambire Akpoué Kouassi.

— Le nom de famille, c'est lequel des trois ?

— Kambire. Akpoué veut dire roche, et Kouassi né un lundi.

— Son âge ?

— 22 ans, originaire de Côte d'Ivoire par sa famille, mais il a toujours vécu au pays depuis son enfance. C'est un jeune fiable, qui veut décrocher une médaille. Le canoë, il a ça dans le sang, c'est un battant, son absence ne s'explique pas. C'est une désertion injustifiée.

— Il a disparu depuis combien de temps ?

— Il n'a pas déjeuné au self avec nous à midi. Il a averti les gars qu'il continuait à s'entraîner seul et grignoterait un morceau plus tard. En général, ils finissent vers 11 heures 30 pour avoir le temps de se doucher avant.

— C'est habituel ?

— Parfois, chez nous, il lui arrive de sauter un repas en dehors des compétitions. Quand l'entraînement est terminé, je ne les cloître pas, mais, ici, je ne le tolère pas. Je l'ai exigé dès notre arrivée. Tout le monde au front, moi compris. L'assiduité est gage de réussite et nous visons le podium. Kambire est un athlète prometteur qui ne se serait pas permis de jeûner ; les sucres lents sont importants pour finaliser l'exploit. La négligence n'appartient pas à sa ligne de conduite.

— Des envieux dans l'équipe ?

— Toujours. La jalousie motive la performance et le dépassement de soi.

— Et ce matin, quel a été son comportement au sein de l'équipe ?

— Je ne les surveille pas H 24 avec le zodiaque. Ils savent s'entraîner seuls dans leur canoë. Ils ont l'habitude de ce genre de préparation. Elle ne diffère pas de celles pratiquées chez nous. Il n'y a que le rythme des sorties que j'ai augmenté, et aussi le physique ce qui génère un surplus de fatigue. J'ai programmé des rendez-vous quotidiens chez le kinésithérapeute qui nous a été alloué par la fédération. À tour de rôle, l'athlète s'y rend, cela assure un maintien musculaire. Il a manqué celui d'hier soir ; c'est le kiné qui m'a prévenu en fin de matinée après avoir terminé avec ses clients. Sur le moment, je n'y ai pas prêté attention, c'est après que je me suis inquiété de son absence.

— Avant de démarrer les recherches, je vais d'abord inspecter sa chambre. Montrez-moi où elle se situe, Monsieur Claes.

— Dans la résidence du Lac d'Orient.

Ils montèrent dans la C1 après avoir informé le gardien de la base nautique qu'ils reviendraient sous peu.

Morgane pénétra dans l'édifice mi-hôtel mi-colonie de vacances. La chambre située au rez-de-chaussée avait un aménagement spartiate : deux lits séparés avec deux appliques de chaque côté, un téléviseur à écran plat accroché au mur face au couchage, une table avec une cage posée dessus dans laquelle un cochon d'Inde, dérangé pendant son sommeil par les intrus, émettait un roucoulement rauque, deux chaises, une salle de bains privative avec toilettes, deux placards comportant chacun trois étagères et une penderie.

Morgane fureta dans les vêtements de Kambire. Elle ne trouva rien de compromettant – elle cherchait des stéroïdes ou autres substances illicites, un grand classique chez les fous de sport. Elle ferma le placard et tendit une photographie en noir et blanc à Claes.

— Sa mère ?

— Je ne crois pas. Je l'ai rarement vue au club, mais, de mémoire, sa mère a les cheveux crépus et celle-ci les a raides. À moins de les avoir lissés avec un de ces appareils que les Africaines affectionnent pour ressembler aux Européennes.

— Une tante ? Une sœur ?

— Possible. Il n'est pas très causant.

— Un taiseux, répondit Morgane, glissant le visuel dans le bloc-notes. Je vais devoir interrompre la préparation de vos athlètes pour les interroger.

— Maintenant ? cela ne peut-il pas attendre, ils finissent dans deux heures.

Le « non » catégorique potentialisa l'exaspération de l'entraîneur.

Retour à la base nautique.

Avant de sortir du bureau commun, il attrapa dans un bidon laissé à disposition des sportifs deux bâtons munis de drapeaux composés de triangle rouge et jaune. À l'extrémité du ponton, il agita les bras. Morgane fut incapable de déchiffrer le message envoyé par sémaphore.

— Que leur dites-vous ?

— Rien de particulier. Ils ne comprendraient pas et moi non plus d'ailleurs. Je leur envoie juste le signal de rentrer. Je ne vais pas hurler dans un mégaphone, ce qui gênerait tout le monde. L'utilisation de cet outil est plus conventionnelle. Ils ne tarderont pas.

Effectivement.

Un quart d'heure après, trois jeunes hommes descendus d'Olympe s'ébrouaient devant Morgane comme des chiens en rut. Il y avait autour d'elle une concentration de testostérone : Yanis De Smet, 26 ans, Arthur Lambert, même âge, et Liam Wouter, le plus vieux de la bande, 27 ans. Les réponses laconiques et amènes agacèrent tant le lieutenant qu'elle finit par leur montrer la photographie rangée préalablement. Les trois s'interrogèrent du regard ce qui n'échappa pas à l'intéressé.

— Alors ? s'impatienta Claes qui désirait ardemment les renvoyer pagayer sur le lac.

— Ben, hésita Lambert, le « coloc de chambrée ».

— Ben quoi ?

— Ça doit être sa meuf.

— Comment ça, sa meuf ? Ici ! Avec l'entraînement ! s'emporta Claes.

— Il s'est vanté, il y a deux jours, qu'elle arrivait, justifia-t-il.

— Le petit saligaud ! Il va m'entendre, jura Claes entre ses dents. Le rendez-vous manqué du kiné a trouvé son explication.

— Et ce matin, comment était-il ? questionna Morgane, reprenant l'interrogatoire à son compte.

— À sa mine au réveil avec des valises sous les yeux, il avait tiré son coup hier soir, c'est sûr, rigola Lambert. Il y en a un qui ne connaît pas sa chance.

— L'avez-vous vu avec elle ? continua Morgane. *Deux amoureux dans la nature et je suis coincée ici pour une histoire de cul.*

— On n'est pas son chaperon, rétorqua Wouter, exprimant à haute voix ce que les autres pensaient tout bas. S'il veut foutre sa place aux JO en l'air, c'est son problème. Si tous les cons étaient dans une poubelle, c'est sûr qu'aujourd'hui il ne serait pas sur le couvercle. Il se tourna vers ses coéquipiers et cligna de l'œil. *Un concurrent de moins. Et par n'importe lequel. C'est toujours ça de gagné.*

Les propos délétères n'échappèrent ni au lieutenant, ni à l'entraîneur.

Une sonnerie de téléphone portable retentit au sein du groupe. Il provenait du sac à main. Morgane prit l'appel. C'était le QG. Un pêcheur avait trouvé un corps et comme elle était sur place, c'était à elle de s'y coller.

18

La sagesse et le discernement nous garantiront la pondération de nos actes dans la prudence de nos pensées.

Temps zéro.
Début de l'après-midi.

Ce n'était pas la brise accueillante des chaudes après-midi d'été favorisant le farniente, les pieds pataugeant dans vingt centimètres de flotte pour se rafraîchir avant de s'enfoncer jusqu'aux mollets et retourner lézarder sur l'herbe tendre, mais la brise assassine des froides constatations et la cascade des contrariétés, la première d'entre elles étant la fuite du découvreur.

Le pêcheur avait foncé manu militari à la capitainerie, son matériel de pêche sous le bras et la musette à l'épaule, avait indiqué vaguement l'endroit, et s'était sauvé avant d'être interrogé et désigné « éclaireur » par la police, n'ayant aucunement l'intention de se soumettre à qui que ce soit ; laquelle capitainerie avait relayé aussitôt l'information à la base nautique et au commissariat central troyen.

Morgane avait troqué ses jolis souliers pour la paire de bottes qu'elle remisait toujours dans son coffre depuis qu'elle avait été prise au dépourvu lors d'une perquisition dans une ferme où le fumier s'étalait de l'étable à la cour – elles étaient plus appropriées à l'expédition commando d'aujourd'hui que ses coûteuses sandales. Une dégaine clownesque. Elle n'était pas seule à partir en exploration, Gabriel Claes s'était invité pour ce voyage à travers la mangrove dès qu'il avait appris qu'un petit bateau avait échoué sur la rive, coincé dans un entremêlement de branches aux dires du pêcheur peu coutumier à différencier les esquifs. L'entraîneur, un mâle alpha.

Ni l'un ni l'autre étaient familiers des lieux. Ils s'orientèrent suivant les indications du surveillant du lac, puis se fièrent aux remarques succinctes fournies par ledit pêcheur : le tronc vermoulu arraché à la terre nourricière l'hiver précédent, deux cents mètres environ après l'arbre déraciné, un semblant de clairière avec au centre de celle-ci un chêne centenaire dont la cime dominait la saulaie non loin, signe qu'ils approchaient des berges. Ils avancèrent sur un étroit chemin.

Ce fut Claes qui pointa le premier son doigt vers la forme. « Là ! » s'exclama-t-il, partagé entre la satisfaction d'avoir retrouvé le canoë manquant et la crainte de ce qu'il lui révélerait.

Morgane regarda l'homme progresser vers l'objet de ses désirs, de l'eau jusqu'à mi-cuisse. Elle le vit se débattre avec les rameaux, n'hésitant pas à les casser avec violence afin de dégager une voie qui faciliterait le retour de l'embarcation sur la terre ferme, et dénouer une corde dont il se servit pour la tirer derrière lui.

Arrivé à la hauteur du lieutenant, Claes lui lança le bout. Il souleva l'arrière du canoë, lui indiquant par ce geste la manœuvre qu'il y avait lieu de procéder ensemble.

Morgane hâla avec peine, s'écorchant la paume au cordage rugueux, gênée par son sac qu'elle rejeta dans son dos d'un coup rageur. Lorsque Claes jugea la distance parcourue suffisante pour empêcher la dérive, il lâcha et se nettoya les jambes. « Je retourne à la base chercher une pagaie neuve, celle-ci est inutilisable » dit-il sur un ton bourru. « Elle est trop endommagée. Je n'arriverai pas à pagayer avec ».

Morgane fulmina intérieurement. *Il se paye ma tronche. Il n'avait qu'à le laisser attaché là où il était. Des efforts pour rien et une perte de temps. Qu'il aille au diable. Je n'ai pas besoin d'un casse-pieds qui a la trouille pour chercher un corps.* Elle revint à la clairière et s'aventura aux alentours, convaincue du fait que si une partie de jambes en l'air avait été prévue par les tourtereaux, elle se passerait sur un sol sec et non détrempé. Sa méthodologie et son analyse légendaires prouvèrent une fois de plus leur efficacité. À cent mètres environ de son point de départ, un visage déformé par la peur regardait le ciel avec des yeux privés d'éclat. Du sang séché striait les joues. Les tatouages en forme d'arabesques du côté gauche de la face s'étalant du front jusqu'à l'épaule évoquaient maintenant un masque de Nô, le masque peint d'un cadavre. La ligne violacée, fine et profonde, ceinturant le cou et les ecchymoses, marquait un étranglement causé à la fois par un lien et des doigts que le médecin légiste confirmerait à la morgue et déterminerait le matériau utilisé, fil électrique ou câble métallique. Elle enfila une paire de gants en latex sortis du sac à main posé à terre et continua son inspection. Elle pivota délicatement la base du crâne. Des éclats de bois étaient restés accrochés à la chevelure. La braguette du bermuda était descendue. Elle supputa que la victime Kambire avait eu de l'avance sur l'horaire prévu. *A-t-il eu envie de se soulager avant l'acte charnel ? Vessie pleine égale mauvais coït. Mais où se trouvait la femme au moment du crime ? Pourquoi ne lui a-t-elle pas porté secours lorsqu'elle l'a rejoint ? A-t-elle craint de subir le même traitement ? Que de questions à élucider.*

— Lieutenant, où êtes-vous ?

— Ici. À deux cents mètres à gauche du chêne de la clairière.

Un craquement derrière elle.

Claes s'appuya sur la pagaie, se pencha en avant, et vomit tripes et boyaux, jonchant l'herbe verte de coquillettes prédigérées colorées à la bolognaise et mélangées à des morceaux orange ressemblant à des abricots avalés sans avoir été beaucoup mâchés. « Dégueu. Un émotif. » pensa Morgane.

— Ne restez pas là. Je marque l'endroit. Je vais vous aider à remettre le canoë à l'eau.

Une phrase que le lieutenant regretta dès qu'elle commença à pousser de toutes ses forces, puisant dans ses ressources, la sueur lui coulant le long de la colonne vertébrale et la robe relevée jusqu'aux fesses, l'entraîneur ne fournissant aucune énergie à l'effort.

Morgane observa l'éloignement de l'embarcation qui zigzaguait sous un soleil si vif qu'il fit étinceler la coque, point lumineux au milieu du lac, voguant vers ses semblables. Elle s'adossa au tronc du chêne, vérifia les barres de son téléphone portable, rendit compte au QG, et, après des tergiversations inutiles, retourna auprès du mort repérer des indices avant l'arrivée de l'équipe scientifique sous les chants mélodieux des oiseaux juchés sur les branches, trompettes de Jéricho accueillant le mort au Paradis Céleste. La journée était bel et bien fichue.

19

Refaire sans cesse, comparer, s'opposer à soi-même, dernier moyen de progression, sinon, qui nous donnera le tempo de l'ombre et la luminescence de la lumière.

Temps zéro.
Milieu de l'après-midi.

Après avoir effectué la recherche d'indices, avoir noté les premières constatations du médecin légiste, Monsieur Pierre Leblanc, la cinquantaine chauve, un célibataire endurci dévoué à son travail et philosophe à ses heures, avoir éloigné les journalistes et pigistes locaux se ruant sur le cadavre, caméra épaulée et appareil photo brandi, comme des mouches à viandes, Morgane décida de revoir l'entraîneur, n'apercevant plus le canoë sur le lac. Elle referma son bloc-notes, satisfaite de savoir que les remarques du légiste s'accordaient avec les siennes, et le rangea dans son sac à main.

Reclus, Claes avait englouti une pinte de bière artisanale locale alors qu'il ne dépassait jamais la capacité de sa chope fétiche, surtout avalé cul sec en milieu d'après-midi, lui qui ne buvait que le soir, chez lui, dans le but de se détendre après une journée harassante. Il n'était que la demie de 15 heures, les heures passées avaient été éprouvantes, et voilà que revenait à la charge la jeune femme policière avec ses questions.

— Monsieur Claes, j'aurais besoin du dossier d'inscription de Kambire.

L'entraîneur déplaça plusieurs chemises cartonnées à élastiques sur l'étagère attribuée à la Belgique dans le bureau commun, ouvrit l'une d'elles et sortit le dossier.

— Permettez, dit Morgane, lui arrachant des doigts la sous-chemise rouge. Elle écrivit sur son bloc-notes – elle passait son temps à le ranger et le sortir – les coordonnées de la personne à contacter en cas d'urgence, Madame Kambire Aya, profession femme de chambre. Avez-vous joint sa famille pour leur annoncer la perte d'un de leur membre, Monsieur Claes ?

— C'est de votre ressort, non ?

— Exact, mais vous êtes responsable du séjour de vos sportifs. Puisque vous ne vous êtes pas chargé d'annoncer le décès du fils à la mère, je la préviendrai dès mon retour au commissariat. *Déléguer le sale boulot, disculper la négligence.* L'indicatif de Bruxelles est ?

— Le 0032.

— Merci. Quelles étaient les relations de ce jeune homme excepté la possible maîtresse ?

— Maîtresse. Maîtresse. C'est vite dit. Je n'étais pas dans les confidences. Il faudrait questionner à nouveau l'équipe. Il s'est peut-être confié à l'un d'entre eux, à un autre gars que celui de sa chambre, grimaça Claes. Peu causant, souvenez-vous.

— Il existe bien quelqu'un qui le haïssait au point de le tuer, soupira Morgane d'un soupir à peine audible. Et du côté des études post-baccalauréat ?

— Il n'avait pas de cursus précis, répondit trop rapidement l'entraîneur au goût du lieutenant. Son temps libre était consacré à la pratique du canoë avec des horaires aménagés, car il travaillait dans l'hôtel où sa mère a été engagée ; au restaurant, je crois. Il m'avait raconté qu'il postulerait plus tard pour une formation interne. Ce job procurait un surplus de revenus à la famille.

— Et le père ? Son nom n'est pas mentionné sur la feuille.

— Jamais vu. Comme je vous le disais tout à l'heure, j'ai discuté trois ou quatre fois au club avec la mère, et encore, je ne suis pas sûr du compte.

— Un athlète prometteur en moins ne sera-t-il pas préjudiciable en ce qui concerne vos résultats sportifs ? insinua Morgane, attentive à la réaction de Claes.

— Mon rôle constituera à briefer les gars et de canaliser leur colère envers l'assassin efficacement. On se venge avec les moyens du bord et gagner sera leur leitmotiv, croyez-moi, j'y veillerai, répondit-il sur un ton persuasif. Et maintenant que vous le dites, il y a bien un gars qui aurait souhaité la disparition de Kambire et prendre sa place, ajouta-t-il, le cerveau tournant à plein régime. Il me harcelait depuis plus de trois mois, chez nous, pour que je le sélectionne. Il s'est même déplacé jusqu'ici, vous rendez vous compte d'un culot. J'ai dû le menacer pour qu'il s'en aille, argumenta-t-il, désireux d'orienter les soupçons sur une nouvelle cible.

— Son nom ?

— Aucune idée. Je ne le lui ai jamais demandé ; il n'avait pas le profil. Un gros tas de graisse bouffi d'orgueil. Un emmerdeur qui ne mérite pas qu'on l'écoute.

— Quand l'avez-vous vu pour la dernière fois ?

— Ce matin, juste après que les gars aient mis les canoës à l'eau. Il a certainement attendu qu'ils s'éloignent. Mes gars ne l'aimaient pas. Ce type leur collait aux basques à l'entraînement, chez nous, au risque qu'un d'entre eux chavire avec une fausse manœuvre, se blesse, et le valorise lui, et je ne pouvais pas l'interdire de pagayer, les rivières et les lacs appartiennent à tout le monde. Ce comportement vous donne une idée du personnage. Un caractère irascible.

— Savez-vous où je pourrai le trouver ?

— Certainement dans les environs. Il faut qu'il soit proche du plan d'eau pour la dizaine de kilos que pèse un canoë lorsqu'on est seul à le transporter. En dehors de ce ponton, il y a quelques appontements aménagés sur lesquels des pêcheurs lancent leur ligne ; eux n'apprécient pas notre venue, il paraîtrait que nous dérangeons le poisson, ça mord moins, soi-disant. Des sentiers praticables avec une voiture vous y amèneront. J'ai remarqué qu'il y en avait deux avant d'arriver jusqu'ici depuis la résidence. Peut-être est-il là-bas avec sa bagnole ?

— Vous la connaissez ?

— Oui. Il est venu au club avec.

— Quelle marque ?

— Une Dacia break si c'est toujours la même parce qu'elle n'est pas de première jeunesse, la bagnole. Un tas de ferraille ambulant.

— Très bien. Je vais sillonner dans le coin. Tenez, voici ma carte. Et votre numéro de téléphone personnel ?

Gabriel Claes énuméra à regret les chiffres de son portable, indicatif en tête.

— À bientôt, Monsieur Claes. Je ne manquerai pas de faire appel à vous dans un avenir proche.

Il croyait avoir été débarrassé de la sangsue avec les explications fournies. Comme quoi il se fourvoyait.

— À votre service, maugréa-t-il, l'accompagnant jusqu'à sa voiture. *Je sens qu'elle va m'emmerder un moment celle-là. Qui a tué Kambire ? L'autre abruti ou un de mes gars ? Le pays n'avait pas besoin d'une telle publicité. Les journalistes vont se délecter de cette histoire. Dans vingt-quatre heures, elle sera à la une de leurs canards, et j'aurais le ministre sur le dos. Quel merdier.*

20

De l'ombre à la lumière, homme, tu garderas le cap du juste équilibre.

Temps zéro.
Fin de l'après-midi.

17 heures à l'horloge du tableau de bord de la C 1. Morgane avait vérifié le premier chemin forestier et s'engageait maintenant sur le deuxième précisé par Claes. Elle roulait prudemment, vitres baissées, à l'écoute d'un quelconque son. Des bruits métalliques entendus lui procurèrent l'espérance d'être sur la voie de l'importun. Cinquante mètres plus loin, elle entrevit la voiture recherchée et un jeune homme en train de nettoyer des gamelles dans une bassine à même le sol juste à côté.

Fort accaparé par sa besogne, le cadet ne releva pas la tête lorsque Morgane stoppa son véhicule à l'entrée de la clairière, bloquant la sortie par son habile manœuvre, et coupa le moteur. Elle s'approcha du plongeur jusqu'à écraser sa bulle de confort. À peine un mètre les séparait.

— Bonjour Monsieur… demanda Morgane, parfaite touriste avec sa tenue vestimentaire la phrase en suspens, pensant obtenir un patronyme.

— Salut.

— Beau temps pour naviguer sur le lac. J'ai vu des canoës tout à l'heure. Vous pratiquez, vous aussi ?

— Tous les jours ou presque, répondit fièrement le cadet, bombant le torse et exagérant sa musculature graisseuse par une posture d'haltérophile en soulevant la bassine. Il jeta l'eau sale au loin avec un mouvement amplifié grotesque qui prêtait à rire.

— C'est courageux de votre part de consacrer vos loisirs à ce sport difficile, flatta Morgane.

— Ce n'est pas un hobby, s'offusqua le cadet. Je m'entraîne pour intégrer l'équipe nationale de mon pays. Si je ne réussis pas cette année, ce sera l'an prochain. Je redoublerai d'effort pour y parvenir, et bientôt on lira mon nom sur les tabloïds.

— Il ne faut jamais s'avouer vaincu. Comme on dit, ce n'est pas parce qu'on a perdu une bataille qu'on a perdu la guerre, n'est-ce pas ?

— Ouais.

— Belge ? sonda Morgane, désignant du bras droit la plaque d'immatriculation de la Dacia, trompant son suspect avec un sourire niais sur le visage.

— Ben, ouais, je viens du plat pays comme chantait Brel.

— J'ai croisé une camionnette belge sur la route avec plusieurs embarcations à l'intérieur comme la vôtre, mentit Morgane. Vous les connaissez ?

— De vue, se renfrogna le cadet.

— Ce devait être eux qui évoluaient sur le lac tantôt.

— Ben ouais, c'est possible, on n'est pas tout seul. J'ai du boulot à terminer, M'dame, je n'ai pas trop le temps de causer, là.

— Je ne me suis pas présentée. Lieutenant Duharec, police nationale, j'enquête sur une disparition inquiétante, annonça Morgane, ne dévoilant pas le véritable motif de son interrogatoire. Un membre de l'équipe belge qui concourait pour les JO. C'est un homme de couleur un peu plus grand que vous, avec des tatouages. L'avez-vous rencontré par ici ? Elle savait que la victime avait été tuée à 500 mètres à vol d'oiseau.

— Non.

— Des campeurs à qui je pourrais demander ?

— Ben, dans la journée, il y a peut-être du passage, mais le soir, il n'y a que moi.

— Bien, je vous laisse à vos occupations.

Soulagé de la voir s'éloigner, le cadet commença à ranger les affaires qui séchaient au soleil, et la vit revenir sur ses pas, téléphone portable à la main.

— J'ai appris par mon collègue – deuxième mensonge – que ce jeune disparu a été retrouvé mort.

— Ben, merde alors. Il a été tué ? demanda le cadet, l'air étonné.

— Il semblerait que oui. Mon collègue – troisième mensonge – m'a dit que vous étiez à la base nautique ce matin et que vous avez eu une querelle avec l'entraîneur de vos compatriotes, Monsieur Gabriel Claes. Vous confirmez ?

Le cadet blêmit.

— Ce n'est pas moi, j'étais sur le lac toute la matinée. Il n'y a qu'à leur demander, aux autres ; ces connards n'ont pas manqué de se foutre de ma gueule. Comme d'habitude.

— De quelle heure à quelle heure étiez-vous sur le lac ? questionna Morgane, dégainant à nouveau son bloc-notes.

— De 8 heures jusqu'à midi, répondit le cadet, exagérant la plage horaire.

— Donc, je conclus que vous connaissez ces jeunes gens, Monsieur ?

— Thomas Berck, répondit le cadet du tac au tac. Et j'ai vu une bagnole qui partait quand j'attachais le canoë là-bas, dit-il, montrant, près de la berge fleurie, un arbre dont les basses branches plongeaient dans l'eau.

— Quel modèle ?

— Je n'en sais rien, je n'ai pas eu le temps de distinguer la marque, ni l'immat. C'était une bagnole gris foncé, genre berline de ville quoi. Elle était garée à côté de la Dacia.

Morgane se pencha vers les traces de pneus qu'avaient piétinées diverses semelles de chaussures. Inexploitables. Elle contourna la voiture et en profita pour noter discrètement la plaque minéralogique.

— Je peux y aller ? implora le cadet.

— Ne quittez pas la région, Monsieur Berck, j'aurais besoin de votre déposition. Tenez, prenez ma carte, vous passerez au commissariat demain avant votre entraînement, cela ne sera pas long. Un de mes collègues retranscrira ce que vous m'avez dit. Votre téléphone mobile ?

Le cadet cita des chiffres au hasard. *Elle me prend pour un bleu, la fliquette. Je ne suis pas assez con pour lui refiler mon 06.* Il se détendit seulement lorsque la Citroën démarra, amorça un demi-tour, et s'évanouit sur le chemin.

21

Les sarcasmes intemporels d'une introjection controversée emplie d'une idéalisation négative.

Temps zéro.
Début de soirée.

Le jour déclina d'une façon brutale, et le rideau d'arbres obscurcissait partiellement l'emplacement. Rêve avorté avant la naissance. Il n'y avait plus de lendemain possible. Le cadet tremblait, la peur vrillant son crâne telle une perceuse fouissant la décision raisonnable qui avait pour nom : la fuite. La visite de la policière l'avait contrarié. Il s'était allongé pour calmer ses nerfs, réfléchir, et s'était assoupi, terrassé par la fatigue des cinquante-deux heures intenses oscillant entre exhalation et découragement. Il s'obligea à mettre le nez dehors et repoussa des talons les vêtements sales qu'il avait ôtés et qui traînaient sur le matelas mousse.

Un renard avait trouvé refuge sous la voiture, la fourrure maculée du sang de son dernier repas. Il écouta les bruits au-dessus de lui menaçant de le surprendre. Il détala à l'ouverture de la portière.

À des centaines de kilomètres de là, l'aîné filait la quenouille à Doel, enroulant nerveusement la concrétisation de son projet sur une bobine peu fiable ; le receleur était inscrit aux abonnés absents depuis son appel de vendredi. Le devoir l'appelait comme les sirènes attirant Ulysse, juchées sur leurs rochers ; elles lui chantaient de tisser ; il s'empara de son téléphone portable. La ligne était occupée, il laissa un message sur le répondeur. Il lui fallait absolument avoir confirmation de la concordance avec le numéro de téléphone inscrit sur une des feuilles volées dans la mallette du riche avant d'entreprendre quoi que ce fût, c'était impératif. Ne pas se griller bêtement.

Le cadet fit défiler le journal des appels et appuya sur le contact. Occupé. Il renouvela.

— Qu'est-ce que tu veux, frangin ? J'ai pas le temps de causer maintenant.

— Je me tire vite fait d'ici.

— Comment ça, tu te tires ! Tu débloques ! Nous avons pas fait tous ces sacrifices pour que tu laisses tomber. Tu flippes encore ?

— Ouais. Je flippe à mort et je me casse, que ça te plaise ou non. Ici, ça pue.

— Qu'est-ce que tu racontes ? T'as vu l'entraîneur au moins ?

— Ce matin.

— Et ?

— Même chose qu'à Doel. Refusé.

— T'y retournes et tu lui prouves qu'il a tort. Montre-lui ta valeur.

— Tu es bouché ou quoi, mon frère ! Je mets les voiles ! Je plie bagage fissa et ce n'est pas toi qui m'en empêcheras !

gueula le cadet, tapant du poing la carrosserie, effrayant la faune autour de lui.

L'aîné mit quelques minutes à réaliser dans la cuisine que son frère lui avait raccroché au nez. De mémoire, c'était la première fois qu'il se rebiffait contre lui. Un problème de plus à régler, des problèmes qui s'empilaient comme un mille-feuille. Il jeta un œil sur le bol de croquettes et sur celui d'eau. Pleins. Contrairement à ce qu'aurait pu laisser supposer un chien affamé normalement constitué se délectant de n'importe quelle nourriture, y compris celle des poubelles sur les trottoirs avant le passage des éboueurs, Cannelle n'avalait rien. Elle avait entamé une grève de la faim et commencé à dépérir, ce qui le préoccupait sérieusement. Le joker devait garder la forme, car il avait remarqué qu'elle était moins vigoureuse et que sa hargne s'amenuisait, retroussant les babines beaucoup moins souvent qu'auparavant. Il était urgent d'obtenir le renseignement réclamé au receleur. Il se gratta le cuir chevelu. Il tergiversait dans la pièce depuis une vingtaine de minutes pour qu'une solution jaillisse de son cerveau lorsqu'enfin le portable sonna. *Pas trop tôt. Putain, deux jours d'attente. Un enfer. Bruxelles abrite un monde corrompu. Qu'est-ce qu'il a foutu ce con ?!* Il décrocha, nota le numéro communiqué au dos d'une enveloppe, celle de la facture d'électricité non payée envoyée par le fournisseur Engie Electrabel, la relance avant la coupure. *Encore un jour, le clebs aurait crevé.* La rançon fut la motivation. Il partit, chevauchant l'antique mobylette tel un Seigneur son fidèle destrier, acheter de la viande à 15 % de matières grasses avant que la supérette du bourg voisin ne tirât son rideau de fer. *Je réglerai la mutinerie du frangin après.*

22

Les solutions douces affrontent les terreurs secrètes d'un lieu rompu. Alpha et oméga. Terre et eau. Le passage.

Temps zéro.
En soirée.

L'aîné, ébranlé par la réaction inattendue de son frère, ne dérogea pas de son plan. C'était lui qui détenait le pouvoir décisionnaire. *Putain ! S'il croit que je vais changer quelque chose, le frangin, il se fout le doigt dans l'œil ! Ça a déjà trop foiré !* Il vérifia une dernière fois l'exactitude des chiffres et commença à tapoter l'écran de son téléphone portable. Il n'eut pas long à attendre. « Rendez-vous à la cathédrale à Anvers. À l'intérieur ». *Il fera pas de grabuge dedans, et dehors, y aura trop de gens pour qu'il bouge.* « Y a un parking à côté pour garer ta super bagnole, mec. J'suis pas chien, j'te donne deux jours pour te radiner vite fait » ajouta-t-il avec une aigreur sournoise, « Et ne déconne pas. J'crois pas que ton copain, il apprécierait de recevoir son clebs par petits bouts. À mercredi, 14 heures ». Il se pencha, ramassa le bol et changea l'eau. « Ton maître, il fera pas le con. Tiens, bois, le chien. Faut que tu sois en pleine forme, qu'on voit qu'on t'a bien traité, et si ça tourne mal, j'te vendrai sur internet. J'tirerai bien quelques thunes de toi, histoire de me rembourser ». Satisfait de ses exigences, il sortit de la cuisine et alluma le téléviseur dans la salle à manger. Le journal de 20 heures. Il ne restait à attendre que la venue du frère maintenant.

Silence pesant.

Visages tournés vers Bernard.

La douceur du soir entrait par la fenêtre entrebâillée afin d'évacuer le nuage cubain, emportant avec elle les notes d'une sonate qu'écoutait le voisin du dessous. Un insecte, porté par la musique, déploya ses ailes et entra lui aussi par la fenêtre, voleta quelques instants, chercha à se poser, et jeta son dévolu sur le bras de Alberto qui ne le remarqua pas.

Bernard affichait une mine soucieuse, laquelle n'échappa pas à son compagnon. Le regard interrogatif de celui-ci implorait une réponse.

— C'était lui. Il veut les pierres et il nous restituera Cannelle.

— On va lui en fournir, des cailloux, rétorqua Dimitri. On a combien de temps ?

— Deux jours, pas plus.

— Mes amis, je fonce à la maison dès ce soir et je reviens avec le nécessaire demain matin. C'est la condition sine qua non de la réussite. Il ne sait pas à qui il s'est frotté, cet amateur. On ne défie pas un Arkhipova. De l'amateurisme, je vous le dis comme je le pense. Dans ma Russie natale, nous procédons autrement. Amateur, va ! répéta-t-il comme une antienne.

— Que décidons-nous ? demanda Alberto d'une voix affaiblie.

— Nous appliquerons l'idée de Dimitri, émit Bernard du bout des lèvres.

— Cannelle…

— Tout ira bien, réconforta Naudin, posant sa main sur l'épaule du maître s'affaissant dans le canapé. Dans deux jours, ce sera terminé.

L'insecte ne bougea pas. Il semblait avoir élu domicile entre les poils de cet avant-bras salvateur, se reposant du vol parcouru pour gagner ce havre de paix.

La sonnerie du téléphone retentit de nouveau. C'était un appel de Morgane, venant aux nouvelles après avoir téléphoné à la mère du jeune homme assassiné, un appel bienvenu déviant la rivalité qui consumait Bernard. Elle s'enquit de Alberto, voulut savoir si l'âme sensible supportait l'épreuve, réalisa l'absurdité de sa phrase, et l'évidence de cette dernière l'assuma comme un coup de massue. Bien sûr que cela n'allait pas, cela n'irait jamais même si Cannelle était de retour chez elle. Il y avait eu un avant et il y aurait un après, et, cet après, il faudrait vivre avec, se contenter de frémir les jours supportables, et rester cloîtré les jours néfastes, et cela durerait un certain temps jusqu'au refoulement de la peur. Le sentiment qu'elle éprouva grimpa le long du gratte-ciel de la colère, une rage envers cette engeance attirée par l'argent facile, car elle savait, elle, que la vie de Cannelle ne tenait qu'à un fil.

— Morgane te réconforte par la pensée.

— La gentille demoiselle, renifla Alberto. Elle arrive vers quelle heure ?

— Elle ne viendra pas ce soir, Alberto. Peut-être demain, répondit Bernard, peinant à trouver les mots justes.

Vlan !

Magazine « Beaux-Arts », arme de substitution.

Alberto sursauta sous le coup porté.

— Cette sale bête menaçait de vous piquer, déclara Dimitri qui s'était levé avec précipitation, justifiant la brutalité de son geste avec la revue.

Une tache de sang s'était formée sur l'avant-bras en lieu et place de l'insecte. Écrabouillé en une fraction de seconde.

— C'était une coccinelle, s'étonna Naudin encore sous le choc. Une bête à bon Dieu.

— Извините ! De loin, j'avais mal vu. La cendre du cigare chuta, pluie grise sur le tapis.

Alberto y vit un mauvais présage. Verdier lui tendit le mouchoir sorti de la poche de son gilet lui servant d'habitude à éponger son front. Alberto frotta sang et coléoptère écrasé avec, puis se massa le bras. Naudin, empli de compassion, lui posa Pompounette sur les genoux. Une maigre consolation qui produisit, malgré tout, l'effet escompté : les pensées noires de Alberto s'évadèrent dans la caresse du pelage.

— Mes amis, je ne m'attarderai guère plus. Le devoir m'appelle. До свидания. До завтра, annonça Dimitri, claquant des talons sur le revêtement moelleux.

Ils se levèrent tous, lui emboîtant le pas.

— Nous t'accompagnons et dînerons au retour, décida Bernard, mettant fin aux explications non fournies.

Alberto glissa son bras sous celui de Naudin. « Aimez-vous la cuisine italienne, Marc, car, Bernard et moi, nous soupons régulièrement dans un petit restaurant proche de la maison où la cuisine raffinée est... » Naudin se retourna, tendu. *Pompounette !*

Derrière eux, Verdier descendait l'escalier en colimaçon avec prudence. Il avait récupéré la chatte en train de gratter la litière de Cannelle après s'être soulagée et l'avait enfermée dans la caisse de transport à l'insu de tous. Il la tenait avec fermeté, conscient de l'initiative valorisante ; il n'avait pas oublié, Lui.

23

Ainsi va le monde. La peur engendre l'effroi. L'effroi suscite la terreur. La terreur attise la colère. La colère génère la violence. La violence fait naître la barbarie. La barbarie entraîne la guerre. La guerre produit la peur.

Mardi : un jour après le temps zéro.
Matin.

Néons projetant une lumière blafarde sur le mobilier en inox. Scialytique éteint relevé au-dessus du cadavre recouvert d'un drap blanc. Haricots, scalpels, costotome, écarteur, couteaux à cartilage, tous rougis, balancés dans l'évier dans l'attente d'être lavés, cet évier dont le robinet fuyait une fois encore ; l'employé de la maintenance avait changé le joint, mais la goutte tombant sur la bonde narguait Leblanc par un glouglou chantant auquel il s'était habitué. Une paire de gants en latex usagée encombrait une poubelle remplie à ras bord, menaçante, prête à déverser son contenu sur le carrelage gris. Odeur caractéristique des viscères morts mélangée à celle du désinfectant.

Morgane poussa la porte de l' « Institut Médico Légal », lançant un « bonjour » matinal à celui qui patientait là. Pierre Leblanc l'attendait, un sachet de viennoiseries posé sur la desserte nettoyée au préalable, deux gobelets de café chaud à côté.

— Leblanc, il ne fallait pas. Vraiment, se récria-t-elle, ce qui ne l'empêcha pas de glisser sa main gauche dans le sachet et d'en retirer un croissant aux amandes, son préféré.

C'était un rituel immuable entre eux depuis que le lieutenant avait tourné de l'œil en arrivant à jeun, une précaution qu'elle avait prise afin d'éviter de vomir ce que son estomac aurait contenu, une erreur qui aurait pu lui valoir des sobriquets si elle avait été divulguée.

— C'est moche de mourir si jeune, commenta Leblanc entre deux bouchées d'un pain au chocolat pur beurre. Il avait toute la vie devant lui.

— Il est mort comment ? J'avais vu juste ?

— Presque. Je dirai, sans l'affirmer, en deux temps. Premièrement, on a essayé de l'étrangler à mains nues, ce qui explique l'apparition des formes de doigts sur la peau, mais pas d'empreintes, il a employé une paire de gants comme la mienne ; deuxièmement, on lui a cogné la tête contre un arbre, ou bien au sol, si le meurtrier a agi de façon inverse.

— Mais cette ligne, Leblanc ?

— J'y viens, Duharec. C'est mon autre hypothèse et je vous rejoins dans votre supposition. Pour répondre à votre question, cette ligne circulaire fine et profonde est le signe d'une utilisation rageuse d'un câble métallique.

— Un câble électrique ?

— Diamètre trop élevé et trop lisse, à mon sens. Je pencherai plutôt pour un cordage d'instrument de musique.

— Un violon ?

— Trop fin. Guitare, banjo, me paraissent plus appropriés.

— Des marques défensives ?

— Non. Étonnant, n'est-ce pas ? un homme attaqué qui ne se défend pas.

— Et la conclusion ?

— Notre homme, car je n'envisage pas une femme dans ce scénario, mais vous trancherez, arrive par-derrière avec son arme, l'autre se retourne, il n'a pas le temps de réaliser que le meurtrier lui enserre déjà le cou avec les mains et tape le crâne sur le tronc et avant que la victime ne s'affaisse se sert du lien et serre, enfonçant le métal dans la chair jusqu'à ce qu'il soit à terre. Il veut s'assurer qu'il est mort, qu'il n'y a plus un souffle de vie. Au vu de la rigidité cadavérique, j'évalue le geste à quatre heures avant que quelqu'un ne le découvre étendu dans la position que vous avez constatée, soit entre 11 heures et 15 heures.

— Ça se tient. Des indices laissés par le tueur ? peau sous les ongles ? sang ? sueur ?

— Négatif. Nos criminels ne sont plus des débutants, lieutenant. Internet nous a devancés.

— Je sais, Leblanc, je sais, mais je pouvais toujours espérer de l'ADN.

— Lieutenant, soupira Leblanc, je vous aurai annoncé la bonne nouvelle à votre arrivée. Il but une gorgée. En revanche, j'ai un résultat qui vous fera plaisir. Les analyses ont décelé des traces de Nandrolone bêta.

— Un stéroïde !

— Je savais que vous alliez être ravi de m'entendre prononcer ce mot. Votre athlète avait un dosage élevé dans le corps. L'irritation de la muqueuse gastrique le prouve et le contenu vide de l'estomac confirme les dires de son entraîneur. Il n'avait rien avalé avant d'avoir été tué. J'ajouterai qu'avec une telle quantité de stéroïdes, les problèmes cardiaques auraient surgi sous peu, l'hypertension artérielle aussi. Un effort trop important, il y laissait sa peau, et tous ces risques pour une médaille. Est-ce que cela était justifié ?

— Justifié ou pas, le résultat reste le même, Leblanc. La mort au bout du combat.

— Cynique, mais empli de vérité, lieutenant. Un autre café pour la route avec un carré de chocolat noir ?

— À 85 % ?

— Évidemment. Un apport glucidique raisonnable. Bien sûr, il y a le 100 % très amer.

— Trop.

— Trop, je suis d'accord.

Un trajet de trente minutes environ séparé l'I M L du commissariat. Morgane franchit les portes de ce dernier et refusa dans la foulée l'expresso proposé par le commissaire Jacques Dupuis planté devant le distributeur de boissons. Il avait le grade de capitaine lorsqu'elle avait été mutée il y avait sept ans, puis avait connu une ascension rapide, une ambition à briguer le poste suprême qu'elle ne partageait pas, préférant le terrain à l'administratif. En revanche, elle suivit l'homme de soixante-deux ans à la voix rocailleuse, conséquence de son tabagisme, à la barbe de trois jours qu'il entretenait fidèlement pour garder un look « jeune », de même que le port de cette bague en argent façon « rocker » à l'annulaire droit et de ce bracelet cuir au poignet droit aussi, jusque dans son bureau situé à l'étage.

La pièce avait des barreaux à la fenêtre ; ils décourageaient la défenestration. L'ameublement se composait de deux armoires industrielles en métal, de gros classeurs gris, d'une table, sur laquelle trônait le cendrier vide contenant le briquet Zippo à moitié caché derrière l'ordinateur, et de trois chaises, l'ensemble étant d'un noir profond, d'affiches aux murs et du portrait représentant le président de la cinquième république dans un cadre aluminium, tout ce que le lieutenant détestait, un lieu déprimant et impersonnel.

Morgane, vêtue d'une tenue plus conforme à celle d'un policier dans l'exercice de ses fonctions, – jean, tennis aux pieds, tee-shirt –, fit un rapide compte rendu des analyses qu'allait leur faire parvenir le médecin légiste dans son rapport, et s'enquit de la venue du jeune homme interrogé la veille au soir.

— Résultat des appels téléphoniques de la victime, Duharec ? Vous ne me parlez pas d'eux.

— C'est-à-dire… *Bon sang, il a oublié la robe que je portais hier, comme si mes pensées se focalisaient sur le crime alors que j'aspirais à la détente.*

— Ne me dites pas que vous avez omis, s'étonna Dupuis, les yeux ronds comme des billes. Cela ne vous correspond pas.

— J'avais l'esprit ailleurs, s'excusa-t-elle.

— Retournez là-bas et instruisez-moi des propos dits.

Morgane avala le sermon tel une purge et sans se faire prier prit congé, elle n'avait rien à ajouter, et descendit l'escalier vers son antre beaucoup plus accueillant. Là, elle téléphona à Madame Aya Kambire qui confirma son voyage pour le lendemain matin ; elle partirait aux alentours de quatre heures, un trajet aller-retour dans la journée, car elle ne comptait pas s'attarder, ne pouvant se permettre une baisse de salaire, répétant entre deux phrases « le salaud ». La mère effondrée raccrocha avant que la policière n'objectât.

Morgane reposa le combiné sur son support, réfléchit aux renseignements qu'elle lui soutirerait, attrapa son sac à main et partit interroger à nouveau l'entraîneur au sujet de cette consommation d'anabolisants qu'il lui avait caché. *Est-ce que c'était volontaire ? Ne pas oublier les téléphones.*

24

En regardant passer la haine, l'esprit de vengeance sur les chemins de nos ruptures contribue à la démesure, la face cachée d'un grand malade qu'est le maître du monde. Il va prendre de la hauteur dans l'inaccessibilité, transgressant la communication pour un futur indépendant, provocateur et offensif. Dans cet état de fait, comment sauver les dépossédés…

Un jour après le temps zéro.
Fin de matinée.

Pendant qu'elle conduisait, Morgane jeta un coup d'œil sur le sac isotherme d'un air dégoûté. Celui-ci renfermait une salade de coucous sous-vide, une bouteille d'eau minérale, un thermos de café chaud, et deux bananes. Encore un repas avalé sur le pouce à l'extérieur. Elle haussa les épaules, fataliste, projetant de manger sur le lieu du crime. Non, ce ne serait pas le pique-nique idéal au bord de l'eau dans un lieu bucolique, mais, au moins, elle s'imprégnerait de l'atmosphère qui, elle ne doutait pas du ressenti, hantait toujours l'endroit bien que le ciel fût d'un bleu azuré sans aucun nuage excepté celui qui avait gâché son déjeuner d'hier midi.

Gabriel Claes observa d'un œil torve la silhouette approchant d'un pas décidé. *Qu'est-ce qu'elle vient encore fouiner, celle-là ? Elle ne nous laissera pas tranquille un seul jour, aucun répit. Elle perturbe mes gars et ça lui passe par-dessus les oreilles qui sont très jolies avec ces créoles ou alors ce sont les pendants qui les mettent en valeur. Si elle croit que je tomberai sous son charme policier pour me soutirer des confidences, elle repassera.* Il sortit du bâtiment et l'accueillit les sourcils froncés, une ride creusant son front bronzé.

— Lieutenant Duharec, bonjour. Que me vaut cet honneur ? ironisa-t-il.

Morgane n'avait pas le cœur à rire. Vaillant soldat, elle était partie en guerre contre le crime ; elle était soucieuse de le résoudre avant la date officielle de la compétition, l'attitude du commissaire Dupuis ayant été suffisamment implicite dans le bureau.

— Bonjour Monsieur Claes. L'autopsie de votre athlète Kambire a révélé la présence d'un stéroïde. J'ai avec moi une commission rogatoire signée par le juge d'instruction saisi du dossier. Son LG, une antiquité de la série E 340, émit un bip dans son sac à main. Permettez.

— Je vous en prie.

Morgane lut le texto et sourit. Ce sourire contraria un peu plus l'homme se tenant face à elle.

— Un de mes collègues viendra m'assister, annonça-t-elle.

À cet instant précis déboula le capitaine Marc Gillet descendu d'une voiture de fonction, une tenue similaire à celle du lieutenant : jean, baskets, polo. Il arborait sur ses joues et son menton une barbe de trois jours qui lui donnait un air de truand.

Claes frissonna. *Comment une femme peut-elle embrasser un homme à la peau aussi piquante qu'un hérisson ?*

Le mari de Morgane, 47 ans, 1 m 80 de muscles, avait des yeux bleu acier, glacials, tranchants comme des coutelas lorsqu'un malfrat débitait un tas d'absurdités dans la salle réservée aux interrogatoires avec vitre sans tain et tout le toutim. Il était venu en renfort et comptait ajouter le dealer de Morgane, nouvelle tête supposait-il, au palmarès de la brigade des stupéfiants.

Le sourire de connivence n'échappa pas à Claes. Le front se rida plus profondément. *Que manigancent ces deux zigotos ?*

— Capitaine Gillet, dit-il, serrant avec force la main tendue de l'entraîneur.

— Par où souhaitez-vous commencer ? demanda poliment Claes sans émettre verbalement ce qu'il pensait de cette intrusion déstabilisante dans son planning.

— Les chambres avant que votre équipe ne rentre, déclara Morgane, désignant de la tête les canoës évoluant sur le lac au loin.

— Très bien, je vais prévenir le gardien de mon absence, décida Claes.

— Attendez, je vous accompagne, lança Morgane sur un ton impérieux, craignant une entourloupe de sa part.

Marc Gilet approuva d'un clin d'œil à défaut de lever un pouce.

Trois à s'entasser dans la C1.

Vingt minutes de supplice pour Claes qui suait à grosses gouttes sur la banquette arrière. La disqualification par le comité olympique pointait le bout de son nez avec cette histoire d'anabolisant et la révocation de sa nomination par la fédération belge aussi.

Marc et Morgane commencèrent la fouille de façon méticuleuse. Rien ne fut épargné, pas même les slips sales dans la panière à linge, l'imagination concernant les caches ayant souvent dérouté le capitaine. Au bout d'une heure trente, il fallut se rendre à l'évidence : les deux policiers étaient bredouilles. Frustrés, ils changèrent de fusil d'épaule. Quoi de plus naturel de planquer quelque chose là où personne ne se méfierait et à la vue de tous.

Retour à la base nautique.

Inspection du bureau commun sous la vigilance des compétiteurs adverses hostiles à ce dérangement. Devant l'aboutissement négatif des recherches menées, Morgane suggéra de passer au peigne fin le local réservé au stockage du matériel.

Quatre mains s'activèrent à soulever des bâches, des tuyaux d'arrosage, des pagaies usagées gardées inutilement, des sacs-poubelles révélant des objets hétéroclites dont l'usage leur était inconnu, des cartons d'où ils avaient extrait l'un après l'autre les dossards et les tee-shirts. Et toute cette énergie déployée pour rien. Pas la moindre trace témoignant que des stéroïdes avaient séjourné ici. La déception de Morgane se lisait sur son visage contrarié alors que celui de Claes affichait une mine réjouie.

— Lieutenant, l'analyse de votre médecin légiste est certainement erronée, claironna Claes. Vous avez fouillé partout sans trouver quoi que ce soit.

Furieuse, Morgane tança.

— Nous allons interroger vos athlètes puisqu'ils accostent et récupérer leurs mobiles.

— Si vous le souhaitez, répondit Claes crânant de toute sa hauteur. Quant aux téléphones, ils ne sont pas en leur possession. Je les leur subtilise pour la journée. Il est hors de question qu'ils perdent leur temps sur les réseaux sociaux et autres sites du même genre. Je ne leur autorise qu'une heure trente de communication, et seulement lorsqu'ils ont terminé l'entraînement et rangé le matériel. Avec le rendez-vous chez le kinésithérapeute, la douche et la préparation du lendemain, ils ne risquent pas de flemmarder sur leurs écrans, je vous le garantis. Il ne manquerait plus qu'ils ne ferment pas l'œil de la nuit à envoyer des e-mails ou à jouer à des jeux stupides en ligne. Ceci étant dit, je vous les confierai tout à l'heure.

L'entraîneur avait repris du poil de la bête.

— Puisqu'il est temps de se mettre à table, joignez-vous à nous. Vous pourrez les questionner au cours du repas.

— Volontiers, trancha Morgane avant que son époux ne protestât, la salade de couscous pourrait bien s'abîmer dans la voiture, elle la jetterait ce soir dans le composteur, décision peu conforme à ses idéaux écologiques et économiques quand des personnes mourraient de faim aux quatre coins du globe ; c'était un recyclage « bonne conscience ».

Brouhaha dans la queue au niveau du self-service. Les couverts s'entrechoquaient sur les plateaux, les bouteilles plastiques tanguaient dangereusement entre un verre et une assiette au contenu indéfinissable rappelant à Morgane celui de la cantine du lycée, insipide à la première bouchée avalée ; elle regretta son panier-repas, but une gorgée d'eau gazeuse, et engagea la conversation avec le jeune homme assis devant elle, le dénommé Liam Wouter, le leader du groupe qu'elle avait pris pour cible.

— Fatiguant de pagayer par cette chaleur, non ?

— Ça va. On a l'habitude.

— Je me doute, susurra-t-elle, mais l'effort fourni réclame un surplus d'énergie avec le programme concocté par votre entraîneur, et sous cette température, pas facile, non ?

— ???

— Ne soyez pas étonné, Monsieur Claes m'a communiqué tous les détails et, d'après ce que j'ai lu, il faut du carburant dans les muscles pour tenir le rythme imposé. Comment faites-vous pour assurer ?

— La diététique, le repos, le kiné, tout quoi. Pourquoi vous m'emmerdez avec vos questions si Claes vous a déjà tout raconté comment on s'entraîne ?

— Dans le milieu sportif, nombreux sont ceux qui ont recours à des adjuvants, pas vous ?

— Quoi, moi ?

— Vous en prenez ?

— Si vous faites allusion aux stéroïdes, vous n'avez qu'à consulter les analyses du labo, c'est Claes qui les a.

— Je parle, en effet, de l'absorption d'anabolisants, et l'analyse de votre coéquipier prouve que des stéroïdes ont justement été retrouvés dans son corps. Alors, je vous repose la question, Monsieur Wouter, est-ce que vous avez, vous aussi, fait usage de ces substances illicites ?

— Illicite, un grand mot pour pas grand-chose. Hé, les gars ! apostropha Wouter. Le lieutenant demande si on prend des stéroïdes !

Un concert de ricanements se propagea le long de la tablée. Aucun ne paraissait affecté par l'assassinat du jeune Kambire. Claes avait blêmi sous la rage contenue.

— C'est évident qu'on en prend tous, répondit De Smet. Comment améliorer ses performances sinon.

— De toute manière, c'est légal, renchérit Lambert.

— Et oui, ma petite dame, se moqua Wouter. Je peux même vous dire où j'achète l'Anadrol sur le web si cela vous intéresse. C'est commercialisé depuis un bail maintenant ; les années quatre-vingt si je ne m'abuse. Mon paternel, il s'injectait dans le cul de l'Anador à l'époque. Vous parlez d'un scoop.

— Interdit d'utilisation depuis l'arrêté du 19 janvier 2016, coupa Marc. Quel est votre fournisseur ?

— Je viens de vous le dire : mon paternel. Et je ne sais pas comment il se procure le produit. Et je ne suis pas con, j'ai arrêté avant les sélections.

— Et vous autres ?

D'un seul bloc, les fourchettes piquèrent ce qui semblait être de la viande blanche et qui fut porté à la bouche pour éviter de parler. On m'astiquait dans le rang ; un vrai corps d'armée obéissant à l'ordre de la fermer sous peine de représailles.

— Ça suffit maintenant ! Arrêtez de les ennuyer avec vos questions ! Je vous montre les papiers dès que nous avons fini de manger, s'énerva Claes. Mes gars sont clean !

— Peut-être, murmura Morgane à l'oreille de Marc, mais il y en a au moins un qui a outrepassé la consigne, et quelqu'un lui a fourni le produit ici, ne lui en déplaît.

Claes se leva avec son plateau et vint se coller derrière Wouter.

— Bouge. Va avec les autres.

Morgane comprit cinq sur cinq le message envoyé à son attention.

— Monsieur Claes, avez-vous repéré une voiture de couleur grise ces jours-ci ? *C'est peut-être celle du dealer et le deal a terminé en crime. Une commande impayée.*

— Deux ou trois, répondit Claes sur un ton moins virulent.

— Vous pouvez préciser.

— Celles des pêcheurs qui se garent souvent sur le parking, mais avec la voiture de votre collègue marquée Police Nationale sur les portières, ils ont fui leur emplacement de prédilection. Remarquez que cela nous arrange. Ils nous invectivent à chaque fois. Soi-disant qu'en brassant l'eau, mes gars dérangent le poisson. C'est faux, mais qu'y faire. Ils pêchent à longueur de mois alors que nous ne sommes que de passage. Alors, avec les autres coachs, on se tait, on ne réplique pas, on a adopté le profil bas.

— Les pêcheurs des pontons ? *Un alibi qui tiendrait la route.*

— Ce sont ceux-là. Je suis sûr qu'ils ont déjà lancé leurs lignes même si je ne les ai pas vus. Ils mangent sur place.

— Très bien, j'irai les interroger.

— À votre service.

— Et pour les résultats du laboratoire ?

— Je vous les amène et vous noterez bien sur votre calepin que les données de mes gars sont négatives. Si Kambire a pris cette saloperie, il vous faudra chercher ailleurs qu'ici, dit-il, repoussant sa chaise.

— On se partage le boulot, Marc ?

— Je suis là dans cette intention. Bonne chasse, ma femme.

— À toi aussi.

25

La grandeur de l'homme atteint son solipsisme lorsque sa verve inhibe toutes polémiques contradictoires.

Un jour après le temps zéro.
Début de l'après-midi.

Il ne lui avait pas menti. Au deuxième ponton, à l'écart de la base nautique et non loin de la scène de crime, Morgane avait fait mouche.

Quatre personnes habillées de pied en cap avec des tenues s'intégrant à la perfection dans le paysage – des jumeaux arborant un nuancier de vert avec le bleu de l'eau et du ciel en toile de fond – étaient assises sur des boîtes en bois peintes de couleur marron foncé servant aussi de sièges, les jambes tendues pour l'un d'entre eux. Elles conversaient, surveillant la tension des fils de nylon reliés aux cannes.

Les voix perçues avaient un timbre plus haut que la normale ; conséquence de la baisse d'audition due à l'âge, déduisit Morgane devant cet étalage de dos aux chevelures grises, voire quasi blanches. Devant la scène que lui offrait le groupe de vieillards, elle douta du soupçon qui s'était instillé dans ses neurones à force de se convaincre que quiconque circulait aux alentours de la base était un meurtrier potentiel. Néanmoins, elle martela du talon les planches de la plate-forme sur pilotis.

Quatre bustes se tournèrent vers elle, synchrones. Quatre paires d'yeux la fusillèrent du regard derrière des lunettes.

— Faut pas faire de bruit comme ça, ma p'tite dame. Ça ébranle l'édifice et perturbe nos amis aquatiques, réprimanda Jean Redonnier, repoussant d'un index noueux la monture plastique enchâssant des verres à double foyer.

— Désolé. Ça mord ?

— Mal. Comment voulez-vous que ça morde avec le raffut qui règne en ce moment ? Ça ira mieux quand ils seront tous partis, mais la saison est fichue.

— Oui, c'est bel et bien foutu, ajouta Louis Garandon. Tout ce trafic impacte le rendement des prises, et la bourgeoise, quand on rentre au logis, n'est pas contente, il lui manque le repas du lendemain. On n'a pas rentabilisé l'autorisation déboursée pour taquiner le sandre qui coûte un bras.

— C'est la soupe à la grimace et le cul tourné quand on était plus jeune, s'esclaffa Marcel Mathieu dont la physionomie trahissait son âge avancé – c'était l'aîné des quatre.

— Avec tes grivoiseries, Marcel, tu vas faire rougir la dame, enchaîna Redonnier.

— Pas de souci, rétorqua Morgane, un sourire mutin au coin des lèvres. Est-ce que par hasard vous connaissez les conducteurs des voitures stationnées sur l'aire aménagée ?

— Pourquoi vous posez cette question ? demanda Gaston Voisin, méfiant, qui s'était aussitôt levé afin de juger l'importune.

L'homme était grand et costaud. Deux enjambées suffirent à Morgane pour être à sa hauteur. Voisin la dépassait d'une tête ; il la toisa. Elle lui flanqua sous le nez sa carte de police. Il recula instinctivement, buta sur Mathieu qui le retint par l'épaule, manquant tomber à la renverse lui aussi.

— Eh ! Ne tombe pas à la baille, mon vieux. Ce n'est pas bon pour l'arthrite, l'eau glaciale du lac, dit Redonnier.

— C'est à cause d'elle, grommela Voisin, humilié et honteux du ridicule occasionné.

« Coriace, le pêcheur. Que de bravoure devant ses camarades. Chapeau bas, messire. C'est pathétique » pensa Morgane.

— J'enquête sur la mort de ce jeune athlète, expliqua-t-elle, s'adressant à tous et non au grincheux en particulier.

— On a lu l'article dans le journal. Une sale histoire, dit Mathieu.

— Ce n'est pas bon pour la ville, renchérit Garandon.

— Non, ce n'est pas bon, répéta Redonnier, et cela attire un tas de curieux qui rôde maintenant en plus des autres. Un pèlerinage. Comme à Lourdes.

— Les voitures vous appartiennent-elles ? réitéra Morgane.

— Lesquelles ? Il faut préciser, railla Voisin remis de sa mésaventure.

— Toutes.

— Toutes, on ne sait pas. Il y a peut-être des gens qui ont garé leurs bolides à côté de notre vieux tacot, répondit Mathieu.

— Commençons par les vôtres, annonça Morgane, dégainant calepin et stylo-bille de son sac à main.

— Les vôtres, vous y allez un peu fort, ma p'tite dame, formula Redonnier. On n'en a qu'une sur le parking, nous autres.

— C'est exact et c'est la mienne, Gaston Voisin, informa-t-il. Une Peugeot 207 blanche, et ce n'est pas un tacot. C'est une voiture qui a passé le contrôle technique sans avoir besoin de contre-visite. Voici la carte grise. Il la tira de la poche arrière de son pantalon.

— On covoiture, comme disent les jeunes, expliqua Mathieu.

— À tour de rôle. Aujourd'hui, c'était celui de Gaston et demain ce sera le mien. Jean Redonnier, pour vous servir. Je dis ça au cas où vous reviendriez. Même marque et même modèle, mais noire. Je n'ai pas la carte grise sur moi, je n'ai que le permis.

— Et vous Monsieur ? questionna Morgane tout en notant les informations au fur et à mesure.

— Mathieu Marcel. La mienne a rendu l'âme depuis belle lurette. Elle a fini à la casse et à quatre-vingts ans passés, je ne conduis plus. C'est Louis qui se charge de mes courses, je suis veuf, ou alors j'utilise le bus de la ville ; l'arrêt est devant la maison, c'est pratique.

— Avec ma Kangoo bleu marine, une bombe sur roues, dit fièrement Garandon. Voici les papiers du véhicule, assurance et le reste, vous n'avez qu'à vérifier. Je les ai toujours avec moi, dans la sacoche. C'est comme les clés, il faut les ranger à la même place sinon on cherche pendant des heures où on les a paumés. Comme quoi, j'ai raison de les emporter même lorsque la voiture est à l'abri dans le garage. On est jamais assez prudent.

— Vous êtes sûrs de ne pas avoir croisé les propriétaires des autres véhicules ? insista Morgane, voyant s'éloigner le dealer sur les chemins de traverse des incertitudes.

— Demandez aux chasseurs d'oiseaux, répondit Mathieu. Ce sont peut-être les leurs. Ils traînent sûrement dans les parages à cette heure.

— Les chasseurs d'oiseaux ?

— Avec leurs jumelles, ils traquent les volatiles dans les arbres. Des spécialistes, qu'ils donnent à leurs loisirs, compléta Redonnier.

— Des ornithologues.

— C'est ça, comme vous dites, ma p'tite dame. Je ne trouvais plus le mot, s'excusa-t-il.

— Et bien, je vous remercie. Prenez ma carte, si quelque chose vous revient, et bonne pêche.

— Oh, ça, ça m'étonnerait. À nos âges, la mémoire fout le camp, soupira Mathieu, énonçant une fatalité valable aussi pour les trois autres.

Excuse facile. Se retrancher derrière la vieillesse n'empêche pas de voir et d'entendre, même mal. Ils ne sont pas encore atteints d'Alzheimer, ces quatre-là, surtout le dénommé Voisin. Mauvais feeling avec celui-ci, je l'aurais à l'œil bien qu'il ne me paraisse pas envisageable de cocher la case criminelle à côté de son nom. Dès que je me serai éloignée, les élucubrations alimenteront l'après-midi ; des milliers de secondes, occupés à échafauder des scénarios fantaisistes n'ayant ni queue ni tête. L'imagination des pêcheurs remplira plus vite les sacs plastiques enfouis dans les poches que le poisson ayant mordu à l'hameçon. Inoffensifs ? À réfléchir ; il y a déjà eu des précédents avec la vente de cannabis par des vieux le cultivant dans leurs potagers, alors des médocs… sauf que cela subodorerait la complicité du pharmacien. Le raisonnement est fragile. Comment aurait fait le vieux pour étrangler l'athlétique Kambire ? même Voisin n'y serait pas arrivé, il tient à peine debout sur ses guibolles. Ou bien ils ont été deux en opération ? possible ? Partons à la chasse des ornithologues éclaircir le mystère.

26

Se prévaloir d'une idéologie réfutable équivaut à s'embourber dans la fange pernicieuse et vaniteuse.

Un jour après le temps zéro.
Milieu de l'après-midi.

Repérage des arbres croisés en chemin avec l'âme d'un scout évoluant dans un jeu de piste.

Morgane baguenaudait depuis une demi-heure sans résultat. La chaleur l'incommodait, décuplant sa hargne. *Dans le coin, m'a dit le vieux, mais le coin signifie quelle surface pour lui ? J'ai l'impression de revenir en arrière à chaque croisement. Ces quatre-là ont voulu me berner avec leurs révélations. Je n'ai qu'une solution : retourner les interroger.*

Les pas dans les traces à peine visibles de ses semelles elle arriva à bon port. Au passage, elle nota que le nombre de voitures stationnées sur le parking avait augmenté, trois ou quatre de plus dont une de teinte grise pouvant correspondre à celle recherchée ce qui la conforta dans sa quête et diminua son mécontentement. Oublier pour repartir sur des bases solides.

— Vous ne pouvez plus vous passer de nous ! lança Mathieu.

Morgane serra les mâchoires, l'envie de l'envoyer sur les roses la démangeait trop. La colère reprenait le dessus sur les résolutions.

— Vous ne les avez pas trouvés ? enchaîna-t-il.

— Non, répondit-elle sèchement.

— Ils sont venus nous donner le bonjour et sont partis dans la direction de l'anse.

— L'anse ?

— Une sorte de baie peu profonde là-bas, désigna Voisin avec un mouvement de tête pointant vers la droite. Ils y vont tous les jours. Au parking, il y a un chemin qui vous y amène directement.

— Bien, merci, prononça Morgane à contrecœur. *Ils ont vu que je me dirigeais sur la gauche et n'ont pas jugé utile de m'aviser de mon erreur, bande d'enfoirés de vieux cons. Autant rendre positif la perte de temps.*

Consciencieusement, Morgane inscrivit sur une feuille vierge de son calepin les plaques d'immatriculation sans en omettre une seule, et s'engagea sur le sentier forestier qui longeait les abords du lac sous un feuillage dense apportant ombre et fraîcheur. Dix minutes de marche avant d'apercevoir une échasse blanche plongeant son bec filiforme dans l'eau à intervalles réguliers. Elle tenta une approche, avançant d'une dizaine de mètres vers le rivage, et l'oiseau s'envola sous ses yeux.

— Quel est l'imbécile qui l'a dérangé ? ! râla un homme chauve d'une soixantaine d'années aussi fort en gueule que de bedaine, chaussé de bottes en caoutchouc, vêtu d'une chemisette et d'un pantalon de toile retenu par une ceinture, une gibecière à l'épaule.

André Caillot brandissait son appareil photo de la marque Nikon avec un téléobjectif sorti au maximum braqué sur la gêneuse comme un tueur à gages son révolver.

— C'est vous qui l'avez fait fuir ! s'emporta-t-il, jetant les mots à la figure de Morgane, les lettres dégoulinant le long de ses joues jusqu'à se perdre dans le cou, s'ajoutant à la sueur. Il éructait face à l'impassibilité de celle qui le contemplait avec un regard froid.

— Lieutenant Duharec ? Je suis à la recherche des ornithologues.

— Devant vous. André Caillot, le président du « Photo Club Art » des Vosges.

— Que se passe-t-il André ? Je t'ai entendu crier.

— Tout va bien, Marthe. Madame est policière et souhaite nous parler.

— Marthe Nau. J'exerce la fonction de secrétaire au sein de notre association de photographes amateurs, précisa la femme d'allure bon chic bon genre, affublée d'un tailleur jupe-culotte de lin beige, de ballerines en cuir gris clair aux pieds, parée d'un collier de perles, de boucles d'oreilles assorties, et d'une bague brillant de mille feux à l'annulaire gauche. Sa monture Dior au dégradé bordeaux finalisait la tenue inappropriée au lieu. Faut-il que j'aille chercher Jean-Louis, André ?

— S'il vous plaît, répondit Morgane, et les autres personnes qui sont avec vous.

— Nous ne sommes que trois.

Marthe Nau s'éloigna en chaloupant. Elle semblait danser sur les cailloux, évitant de poser ses chaussures sur la terre humide, la crainte de les salir.

— Nous photographions des espèces que nous n'avons pas chez nous pour participer au « Salon d'Épinal » qui se déroulera au mois de février l'an prochain. Un salon moins prestigieux que votre « Festival Photo Montier » meubla Caillot. J'étais sur le point d'immortaliser ce magnifique spécimen d'échassier quand

— Vous pourrez le shooter après notre entretien, il est de nouveau là.

— Vous avez raison. Reculons avec discrétion. Ne l'épouvantons pas. Il serait dommage qu'il change d'endroit. Écoutez le « piu » appuyé et répété du gravelot. Il ne doit pas être loin, il apprécie les grèves. Aurons-nous la chance de l'apercevoir ?

André Caillot parlait avec grandiloquence, nommant les verbes cajacter, courcailler, crouler, jacasser, zinzinuler, etc. , citant les noms avocette, barge à queue noire, bécasseau corcoli, chevalier aboyeur, chevalier arlequin, chevalier cul-blanc, chevalier gambette, courlis cendré, mésange charbonnière, pluvier doré, vanneau huppé, une énumération alphabétique dont Morgane n'avait cure – elle avait décroché à chevalier blanc – qui s'interrompit, ô miracle, avec l'arrivée du couple.

Madame Marthe Nau au déhanchement disgracieux roucoulait telle une colombe au bras d'un petit septuagénaire ventripotent à la démarche vacillante sous le poids du bras de la belle accroché au sien dont il aurait aimé se débarrasser, l'irritation se lisant sur le visage dissimulé par une importante barbe grisonnante. Jean-Louis Gehin, c'était son nom, portait ses soixante-huit printemps avec prestance dans ses habits de randonneur kaki, un sac à dos noir pendant au bout de l'autre bras dans lequel il avait rangé un trépied – les pieds avaient été repliés et dépassaient du sac.

— Vous me cherchiez, André ?

— Pas moi, cette dame policière. Lieutenant Duharec, je vous présente notre trésorier, Jean-Louis Gehin.

Amusée, Morgane devina l'attirance de la secrétaire pour le détenteur des finances du club, un poste prestigieux.

— Vous n'êtes pas sans savoir qu'un jeune a été tué par ici

— On ne parle plus que de cette triste histoire autour du lac depuis la découverte, coupa Caillot habitué à être le centre de l'attention.

— Vous le connaissiez ?

— Pas du tout, répondit rapidement Gehin.

— Et vous ?

— Non, répondirent les deux autres.

— C'est une chose horrible ce qui lui est arrivé, ajouta Nau avec un faux air horrifié.

— Bon, j'ai dû le croiser une ou deux fois quand il attachait son embarcation proche du bord, avoua Gehin.

— Quand était-ce ?

— Il y a trois jours, ou cinq, je ne me souviens plus. J'étais en train de préparer le matériel pour un shoot en rafales sur un vanneau huppé qui picorait depuis un quart d'heure lorsqu'il est apparu derrière moi. Il cherchait une femme.

— Et hier ?

— Ah non, pas hier, dieu merci. J'ai eu la chance de photographier au zoom un pic épeiche martelant le tronc d'un saule argenté. Avec son plumage noir et blanc, il n'était pas facile à repérer. Je me suis laissé guider par le bruit. De temps en temps, il pleupleutait et reprenait sa fouille de l'écorce. Une série réussie. Le shoot du vanneau sera pour plus tard.

— Il me faut les papiers de vos véhicules, annonça Morgane à brûle-pourpoint. Pour l'enquête.

Comparaison des cartes grises avec le relevé des immatriculations noté sur le calepin. La Volkswagen polo gris foncé appartenait au président.

— Monsieur Caillot, je vous prierai de venir au commissariat, de même que Madame Nau et Monsieur Gehin, afin d'enregistrer vos dépositions. Encore une question, Monsieur Gehin, vous m'avez parlé d'une femme que le jeune cherchait il y a trois jours.

— Oui, c'est exact et il n'était pas le seul.

— Précisez.

— J'ai shooté hier matin très tôt. Je voulais capturer les rayons rose orangé du soleil levant avec le contraste des arbres à la teinte bleu nuit se découpant sur l'horizon pour la profondeur de champ. J'aurais amélioré le cliché avec Photoshop à la maison. Et vers 10 heures, un homme et sa femme sont sortis d'un gros véhicule. Lui est resté avec moi, on se refilait des tuyaux, et elle, elle est partie se balader. Il n'était pas serein de la voir s'éloigner seule. Il a consulté sa montre plusieurs fois. Quand elle est revenue, ils ont mis les voiles.

— Vers quelle heure ?

— 11 heures, 11 heures 30.

— Vous sauriez le reconnaître ? *Le mari jaloux, enfin un mobile.*

— Il était plus jeune que nous, la cinquantaine avec des lunettes, et il avait un accent à couper au couteau.

— De quelle sorte ?

— Allez savoir, les accents voyagent avec les gens, mais il est parti avec un Duster pas de chez nous. Il l'avait garé sur le chemin au mépris des promeneurs.

— Qu'est-ce que vous entendez par : « pas de chez nous » ?

— Pas français, bien qu'il le parlât correctement, parce qu'il avait une plaque avec des lettres et des chiffres rouges.

— Très bien, nous mettrons tout ceci par écrit demain, avec moi ou un de mes collègues. Messieurs. *À la chasse à la femme adultère maintenant. Un belge. L'étau se resserre.*

27

Les invectives et le d'injures intimident la pondération invaincue.

Un jour après le temps zéro.
Fin de l'après-midi.

Éternel recommencement. La traque augmentait le taux d'adrénaline déversé dans la circulation sanguine, accélérait les battements cardiaques jusqu'à les entendre aussi nets que ceux d'un tambour rythmant la marche militaire. Changement de cap au risque de se perdre, d'emprunter une voie sans issue.

Morgane avait conduit avec lenteur dans l'espoir de dénicher le Duster. Elle avait essayé de pister les empreintes de roues récentes, celles qui auraient écrasé l'herbe avec une telle force qu'elle ne se relèverait pas, la tige agonisante sur la terre souillée. Elle avait déjà examiné trois aires de stationnement et s'apprêtait à quitter la quatrième – elle avait coupé le moteur et avait dégourdi ses jambes, le nez rivé au sol – la foi s'amenuisant. Un appel à son homme avant de repartir pour être encouragée par la voix aimée, les mots qu'elle avait envie d'écouter, être rassurée dans ses choix ; il rentrerait à la maison avec elle, il l'attendrait au commissariat, il avait de la paperasse à terminer. Elle avait raccroché, avait songé à sa fille que le commandant Dorman, son binôme à la retraite – ils avaient acheté une demeure ancienne à parts égales au début de sa relation avec Marc – gardait. Julie, le soleil de cet homme vieillissant seul avant leur décision commune, divorcé, sans enfant, luttant contre un tempérament dépressif qui ne demandait qu'à ressurgir du néant où il se terrait, ayant pris ses quartiers au rez-de-chaussée, eux à l'étage ; il distrayait la petite, les soulageait pour la récupérer à l'école maternelle face à leurs irrégularités d'horaires qu'exigeait ce métier ingrat, une aide précieuse. Elle avait esquissé un sourire, enclenché la première, emmené la C1 vers d'autres voies.

Le sixième sentier fut le bon. Un conducteur reculait avec prudence. Il lui conseilla de ne pas continuer à avancer, un sans-gêne bloquait l'accès. Elle recula aussi, manœuvra sur le bas-côté, laissa passer la voiture, et poursuivit sa route, faisant fi du conseil prodigué. Le flair du limier. L'instinct du policier ne l'avait pas trahi : le Duster était là. Elle immobilisa la C1 derrière ; il ne lui échapperait pas.

Louis Verbeke était accroupi, concentré sur un champignon de couleur dominante orange dont la forme représentait un amas de chapeaux imbriqués en éventail parasitant la base d'un tronc. Il pointait sur lui un appareil photo aux caractéristiques rappelant celles d'un argentique des années cinquante.

— Bonjour. C'est à vous le Duster ?

— Oui. Pourquoi ?

L'homme posa un genou au sol. Il avait répondu lui tournant le dos, imperturbable.

— Lieutenant Duharec.

L'homme demeurait sourd.

— Levez-vous, s'il vous plaît.

Louis Verbeke se mit debout avec difficulté, la position incommode avait ankylosé ses membres. Il lui fit face.

— Permettez que je m'asseye.

— Je vous en prie.

Cinq mètres à parcourir de l'arbre au véhicule, il ahanait déjà. Le souffle court, il ouvrit le hayon, s'assit sur le rebord du coffre, l'appareil photo sur les cuisses.

— Vous comprenez maintenant pourquoi je me gare si prêt, justifia-t-il, craignant la contravention, aspirant l'air à grandes bouffées. Je photographiais ce Laetiporus Sulphureus, un champignon saprophyte, un parasite qu'on ne peut observer que l'été, car, malin comme un singe, il disparaît à l'automne. Certains mycologues certifient qu'il est comestible jeune, je ne m'aviserai pas à le déguster, même si les Américains en sont friands, ce sont des recettes à ne pas réaliser afin de préserver sa santé.

— Je ne suis pas ici pour parler cuisine, Monsieur

— Louis Verbeke. En vacances avec mon épouse.

— Qui se trouve ?

— Elle se balade dans les environs avant que nous ne rentrions à l'hôtel.

— Dites-lui de venir.

— S'il n'y a que cela pour vous contenter, je veux bien essayer de la joindre, mais si son portable est éteint, il faudra l'attendre.

Il posa son argentique à côté de lui et sortit d'une de ses poches un mobile à clapet avec de grosses touches. Le geste parut à Morgane un effort insurmontable. « Chérie, pourrais-tu venir, la police réclame ta présence ». Il referma le téléphone destiné aux séniors. « Elle arrive ». Il farfouilla dans un sac de sport derrière lui et sortit un album. Il tourna les pages cartonnées jusqu'à ce qu'il trouvât le fruit de son travail.

— Regardez. N'est-ce pas magnifique. Une œuvre de ma composition.

Morgane se pencha sur le cliché noir et blanc. La photographie montrait un assemblage hétéroclite de poulies, courroies, durites, tubes, caissons, engrenages, seul un éclairage oblique valorisait quelques pièces.

— La beauté industrielle à l'état pur. Des moteurs récupérés dans une casse, nettoyés par mes soins, assemblés par soudure, formant une unité. Une de mes compositions favorites.

— Je vois que mon mari vous initie à la photographie artistique qu'il exerce depuis des années, bien avant notre mariage, n'est-ce pas mon amour.

— Mais oui.

— Il vend à l'international, savez-vous. Reconnu par ses pairs dans le monde, vanta l'épouse, une jeune femme aux longs cheveux blonds lui balayant le visage, mince, au teint hâlé, court vêtu avec son short, un tee-shirt transparent épousant la forme d'un soutien-gorge à balconnet laissant percevoir la rondeur des seins.

— Ma femme, Marie, ma muse, vingt ans de moins que moi, qui me supporte encore.

— Où étiez-vous hier matin ?

— Autour du lac, d'abord en repérage avec la voiture, puis je me suis garé et j'ai commencé à shooter.

— Et Madame ?

— J'avais rendez-vous.

— Avec un jeune homme ?

— Oui. Comment le savez-vous ? demanda Marie Verbeke, étonnée.

— Un athlète pratiquant le canoë, précisa Morgane.

— C'est exact, répondit Marie Verbeke, de plus en plus stupéfaite.

— Son amant. Je suis au courant, Madame la policière. Nous sommes un couple libre.

— Tout à fait, mon amour, approuva-t-elle. Mon mari a eu un cancer de la prostate il y a cinq ans. Depuis l'opération, il ne bande plus, quant à moi j'éprouve encore le besoin d'assouvir mes fantasmes érotiques. J'ai rencontré Kouassi lors de la dernière exposition organisée par le galeriste de mon mari, il y a six mois, à Bruxelles. Il vénère le travail de Louis. Un garçon charmant, attentionné envers sa mère, et un corps à s'envoyer en l'air plusieurs fois par jour, croyez-moi sur paroles.

— Je te crois, ma chérie.

— Hier, je ne l'ai pas vu. C'était lui mon rendez-vous matinal. Il n'a pas répondu à mes messages. Ce n'est pas dans ses habitudes, lui si ponctuel.

— Il est mort assassiné.

— Non ! Elle porta sa main droite à sa bouche.

— Votre téléphone, je vous prie, pour les SMS.

Morgane écrivit sur son calepin l'heure à laquelle ils avaient été envoyés, heure qui correspondait à l'estimation du légiste. *Les amants n'ont pas forniqué hier, c'est évident, un alibi imparable pour Madame. À vérifier avec les fadettes de Kambire. Le mari est incapable de malmener quelqu'un, il crèverait aussi.*

— Qu'avez-vous fait ensuite ?

— J'ai rejoint mon mari et nous sommes rentrés à l'hôtel. Nous logeons au Relais Saint Jean.

— Elle était contrariée. Nous avons dîné en ville, un restaurant sur la place de la mairie. Vous pouvez vérifier, j'ai payé avec ma carte « Gold ».

— Ce ne sera pas nécessaire. Tenez, prenez ma carte et passez au commissariat demain matin. Nous enregistrerons votre déposition.

Bouleversée, Madame s'était blottie contre Monsieur.

Morgane enclencha la marche arrière. *Ce meurtre traîne à être résolu. Renvoyée comme un punching-ball entre les protagonistes. Les alibis se renforcent les uns après les autres. L'élucidation sera difficile, je le sens.*

28

Les convictions de la magistrature entérinent une perfection idyllique du genre humain à l'intention horrifiante.

Un jour après le temps zéro.
En soirée.

Pendant que Morgane s'évertuait à débusquer le tueur, Dimitri sonnait à l'interphone de Bernard aux alentours de 17 heures, son bagage avec lui.

Personne ne lui tint rigueur de cette arrivée tardive – une fin d'après-midi au lieu du matin – lorsqu'il étala sur la table du salon quinze petits paquets. Ils avaient été cachetés avec une cire marquée d'un sceau, un D surmonté d'une couronne, avec l'inscription « Blue-River » 1 ct diamètre 5.25, la marque distinctive de l'objet à l'intérieur. Avec une minutie protocolaire, Dimitri rompit le sceau de l'un d'entre eux, déplia l'emballage sous le regard intrigué de ses amis, et dévoila un oxyde de zirconium ayant subi un facettage semblable à celui d'un diamant.

— Voilà pour les faux, dit-il. Maintenant, les vrais.

Il déposa un petit écrin qui aurait pu renfermer une bague, mais il contenait deux brillants de taille supérieure aux faux. « Pour ne pas les confondre » précisa Dimitri, car il souhaitait les récupérer après l'échange, mais il s'abstint de leur dire.

La ressemblance était frappante. À moins d'être un expert, c'était à s'y méprendre tant le leurre était parfait. Différencier la pierre précieuse de l'autre était impossible à l'œil. Les trois brillaient d'un même éclat, avaient une pureté identique.

La machination diabolique se concrétisait et Alberto tremblait comme une feuille sous la brise piégeuse. Il se leva du fauteuil et partit boire un verre d'eau dans la cuisine. Lorsqu'il posa le verre dans l'évier, l'interphone à nouveau retentit. « J'y vais ! ».

Dimitri, Bernard, Naudin et Verdier entendirent la porte de l'appartement s'ouvrir et des voix chuchoter.

Des pas dans le couloir.

Présentation au Russe du détective Gilbert Grand, un homme de taille moyenne, âgé de 57 ans, à la barbe peu touffue, des cheveux gris ondulant sur la nuque, aux yeux noisette cerclés de noir par une monture assez fine en métal – il était myope et presbyte –, vêtu d'un jean, d'une chemise caramel, d'un blouson court en nubuck marine, chaussé de souliers de la marque « Timberland » marron glacé, puis de sa sœur, la religieuse Sœur Agnès, portant la robe noire de sa congrégation qui effleura le tapis, le voile ondulant sur ses épaules – une mèche rebelle de cheveux gris fut rentrée sous la guimpe blanche.

Chacun enfoncé dans un siège. Ils étaient quatre à évaluer les risques : Bernard, Grand, Naudin et Verdier. Ils étaient deux à être transi de peur : Alberto et Sœur Agnès. Il était seul à défendre son idée, Dimitri, ayant apporté dans ses affaires un Makarov semi-automatique 9 mm avec deux chargeurs de huit coups et une boîte neuve de cartouches qu'il exhibait avec détermination.

— Avec ça, ces deux salopards nous rendrons la chienne, argumenta-t-il, soupesant l'arme. Et les cailloux, on ne les leur donnera pas.

— J'ai moins dangereux et tout aussi efficace, assura Grand. Il sortit de la poche intérieure du blouson sa fidèle matraque en caoutchouc qu'il avait gardé lorsqu'il avait officialisé son dossier de retraité de la gendarmerie nationale française.

— Ton antiquité est une ruine ! s'esclaffa Dimitri. Elle se brisera dès que tu te serviras d'elle. D'où je suis je vois son fendillement. Remballe ta marchandise, sans vouloir te vexer, le détective, mais tu ne les impressionneras pas avec ça, tandis qu'avec mon Makarov, ils seront doux comme des agneaux. Да ! Il se tapa sur les cuisses.

— Ils pa-pa-niqueront et-et tueront Cannelle, bégaya Alberto.

— Mais non, rassura Sœur Agnès, lui tapotant le bras.

— Tenons-nous en au plan initial, trancha Verdier dont le ventre criait famine – il avait jeté un œil à sa montre et cette dernière indiquait 19 heures 30. Départ 8 heures comme prévu.

Bernard fila à la cuisine préparer le repas, Verdier sur ses talons, et Dimitri dans la chambre que le propriétaire lui avait attribué avec son arme de poing. Sœur Agnès et son frère entreprirent de réconforter Alberto. Naudin récupéra Pompounette endormie sur le lit du capitaine dans l'autre chambre.

29

La fraude devient un plaisir frelaté reconnu lorsque la tromperie s'éveille à la médiatisation populaire.

Mercredi : deux jours après le temps zéro.
Matin.

« Duharec, dans mon bureau ! Fissa ! » pesta Dupuis à la fenêtre ouverte.

Comment a-t-il su ? Il guettait la C1 derrière la vitre de son bureau, ma parole ? Ça va être la sainte Morgane aujourd'hui, je le sens ».

Le lieutenant Duharec traversa le hall du commissariat à huit heures tapantes ce mercredi, adressa son salut habituel au brigadier à l'accueil en haussant des épaules interrogatives, qui lui rendit son bonjour en lui désignant la queue. Elle grimpa l'escalier et s'arrêta devant la porte du commissaire, prit une profonde respiration, toqua deux coups brefs, et attendit le signal.

— Entrez ! rugit Dupuis tel un lion dans sa cage.

Morgane prit son courage à deux mains et franchit le seuil comme un gladiateur devant combattre dans l'arène du Colisée. Elle le regarda, stoïque, prête à encaisser l'ire qui ne tarderait pas à lui tomber dessus.

— Ce n'est pas un hall de gare ici ! C'est quoi tout ce bordel !

— Les personnes auxquelles j'ai communiqué mes coordonnées pour enregistrer leurs dépositions.

— Et vous leur avez dit à tous de venir à 7 heures 30 !

— Non, commissaire. Dans des moments comme celui-ci, elle donnait du commissaire plutôt que du chef, ou boss, terme familier des jours heureux. Ils ont dû pressentir l'attente et vouloir se débarrasser de la corvée afin de profiter de leur journée.

— Et ça ! Vous m'expliquez !

Le commissaire s'était penché et avait remonté à la surface la cage du cochon d'Inde glissée sous son bureau. Il la posa dessus, sur le journal « L'est Éclair » pas encore lu. L'animal apeuré partit comme une fusée se cacher dans son abri, soulevant dans sa foulée les copeaux souillés de sa litière à forte odeur ammoniaquée qui révèlent un sachet plastique au contenu douteux.

Morgane s'approcha à dix centimètres de ladite cage et s'apprêta à l'ouvrir quand Dupuis stoppa son élan.

— Qu'est-ce que vous faites, Duharec ? ! on n'est pas dans un cirque ! Vous comptez dompter le fauve !

— Non, juste prendre le sachet et le confier aux stups.

— Dans ce cas, appelez votre mari et qu'il nous débarrasse de la bestiole. Bon débarras. Emmenez-la chez vous, et occupez-vous de vos invités puisque vous avez eu l'initiative de tous les faire venir à la même heure.

Morgane attrapa la cage qui bascula vers l'avant et fit surgir la bête complètement terrorisée qui couina à se péter les cordes vocales.

— C'est l'animal de compagnie de la victime. Marc va venir le récupérer à l'accueil, dit-elle au brigadier, cadeau de l'entraîneur.

— Le collègue de nuit lui a ouvert. Il s'est présenté aux aurores, il était même pas 7 heures. Il a signé le procès-verbal que le brigadier-chef a tapé, et a regagné sa base avant que quelqu'un s'aperçoive de son absence. Je vous répète ce qu'il m'a dit. Son départ aurait prêté à confusion, il n'était pas coupable, il ne fuyait pas, disait-il.

Le brigadier enleva les présentoirs du comptoir et mit la cage à la place, laquelle serait une distraction bienvenue au cours de la matinée parmi les plaintes touristiques pour la plupart.

Commença le défilé dans le bureau de Morgane avec la vérification des notes du calepin. Il manquait à l'appel le possesseur de la Dacia, ce qui ne la surprit guère, le nom, le prénom, et le numéro de téléphone étaient erronés ; elle en avait eu connaissance la veille au soir.

Morgane classait les informations par chronologie, tapait sur le clavier de l'ordinateur, imprimait, tendait le stylo-bille pour la signature, rangeait dans le classeur vert clair – elle avait opté pour cette couleur printanière, rapport à la verdure ayant servi de cercueil à l'athlète – raccompagnait et laissait pénétrer le suivant. À ce rythme soutenu, le temps s'écoula si rapidement qu'à 10 heures 32 la sonnerie du poste fixe la fit sursauter. Le brigadier l'informait que la mère du jeune tué se trouvait face à lui.

Elle relégua à son collègue la fin des consultations policières – il ne restait plus que deux personnes à auditionner sur les dix convoqués, elle avait comptabilisé Claes dans le nombre, et pour les jeunes sportifs, elle aviserait par la suite.

Une plantureuse femme approchant la quarantaine à la peau noire dont on devinait la pâleur sous la pigmentation, habillée à l'européenne avec un pantalon en cotonnade à l'imprimé fleuri sur fond bleu et un caraco assorti, des mules aux pieds, vint s'asseoir sur l'unique chaise. Elle avait les traits tirés d'une femme ayant peu dormi ces dernières heures et les yeux gonflés et rougis d'avoir versé trop de larmes ; c'était l'insomnie due au chagrin personnifié. Elle raconta entre deux sanglots l'histoire de sa triste vie.

— Amoureuse à seize ans, et pure comme la très sainte Vierge Marie, d'un riche toubab du double de mon âge qui commerçait avec des négociants, commença Aya Kambire. Je l'avais déjà croisé plusieurs fois à l'hôtel où je travaillais comme femme de chambre là-bas, dans mon pays, à Ségala. C'est mon métier d'être femme de chambre et je l'exerce encore. L'attrait de l'exotisme, mon cul. Il a fait le joli cœur et je suis tombée dans le panneau. Il m'avait promis le mariage après avoir couché avec lui et moi, comme un imbécile, je l'ai cru, je n'ai pas écouté les copines qui traitaient les blancs de sales menteurs. Ce toubab m'a mis enceinte. Quand je le lui ai annoncé, toute contente que j'étais de la bonne nouvelle, il a réglé sa note le lendemain et a foutu le camp. Sauf que moi, je suis plus rusée qu'un renard des sables, j'ai volé la fiche d'enregistrement, l'ai recopiée, et l'ai rangée après. J'avais ses coordonnées, je n'avais plus qu'à accoucher et l'obliger à m'épouser dans son pays. Mon entourage disait que j'avais raison. Il m'a fallu deux ans, trois mois et six jours pour économiser le voyage après la naissance du petit ; ça a été long, j'en ai bavé. J'ai pris l'avion avec la bénédiction de ma mère et des voisins, le père, il s'en foutait, j'étais la honte de la famille et il était content d'être débarrassé de moi. J'ai atterri à l'aéroport avec pour seuls bagages une seule valise et Kouassi dans une poussette déglinguée. Je me suis rendue là où il bossait avec le bus et ce salaud n'a rien voulu entendre, il m'a foutu dehors, refusant de voir le « môme » qu'il a dit. Dans la boutique est entrée une femme juste au moment où j'allais partir et à la façon dont il lui a causé « ma chérie par ci, mon amour par là » j'ai vite compris qu'il était déjà maqué ce salaud. Elles avaient raison les copines, les blancs, ce sont tous des menteurs, ils ne pensent qu'au sexe, mais je n'avais pas dit mon dernier mot. Je l'ai fait casquer jusqu'à la majorité du petit et que je retrouve du travail. Bon, ça, avec ses relations, ça était assez vite, quinze jours après j'avais des papiers en règle, j'étais installée dans un studio pour que je ferme ma gueule et je bossais là où je bosse encore.

— Comment étaient les relations entre votre fils et son père ?

— Aucune. Je ne lui ai jamais raconté qui était le salaud qui m'avait mise en cloque. Je lui ai fait croire que c'était un gentil blanc et qu'il était mort dans un accident de voiture sur une piste. Pour l'argent, il ne sait pas non plus. De toute façon, au début ce salaud était généreux, mais, après quelques années, il ne me filait presque rien sous prétexte qu'il m'avait dégoté un job et que j'étais mieux payé ici qu'en Côte d'Ivoire. Salaud de toubab.

— Et les fréquentations au collège, au lycée ?

— Ça allait. Il ne sort pas beaucoup le soir, mon Kouassi. C'est un garçon studieux et sérieux, il est bachelier. Il travaille comme serveur à l'hôtel avec moi et son temps libre, il le consacre au canoë.

La mère utilisait le présent pour s'exprimer, son cerveau occultant le décès trop douloureux. Comment l'imaginer avant de l'avoir constaté de visu ?

— Et avec les autres athlètes ?

— Ça va. Il est très bon, mon Kouassi, le meilleur de l'équipe dit son entraîneur ; je l'ai rencontré au club.

— Pas de jalousie au sein du groupe ? Il ne vous avait pas confié quelque chose, un fait qui se serait produit ?

— Je ne sais pas, il faudrait demander à l'entraîneur.

— Vous ne m'avez pas mentionné la profession de son père, Madame Kambire.

— Il possède une bijouterie à Bruxelles, dans les beaux quartiers, pas là où je vis.

— Son nom ?

— Lemmens, avec deux m.

Morgane inscrivit le patronyme et l'adresse sur une feuille vierge qu'elle glissa dans le classeur, et pria la mère de l'attendre à l'accueil pour la conduire ensuite à l'I M L.

— Commissaire, j'ai du nouveau.

— Moi aussi. Vous en premier, Duharec, parla calmement Dupuis.

— Le père de la victime travaille à Bruxelles. Il faudrait vérifier son alibi.

— C'est un suspect crédible ?

— Possible, il n'a pas reconnu le gosse à la naissance, a payé au début les frais d'éducation puis de moins en moins jusqu'aux 18 ans. L'attitude de l'homme n'est pas franche du collier, je le sens, chef.

— De mon côté, j'ai une adresse pour la Dacia localisée à Anvers. Bruxelles Anvers, ce n'est pas si loin, non ?

— Un instant, je cherche sur internet, patron. J'ai : itinéraire Michelin une heure avec la voiture.

— Préparez le départ, j'avise les collègues. Nous avons collaboré avec eux l'an dernier, cela ne posera pas de problème.

— Une vérif sur Interpol.

— Duharec, vous me prenez pour un bleu ou quoi ?

— Non, patron.

— Alors, dégagez.

Morgane avait les doigts sur la poignée quand

— Attendez, Duharec

— Oui.

— La bestiole, elle est où ?

— Colis livré.

— Bon boulot, Duharec. Allez ouste, sortez de mon bureau et du concret, Duharec, du concret, qu'on chope ce criminel en cavale. Épluchez tout là-bas : fadettes, facturettes, vous connaissez la chanson. On ne va pas se faire damer le pion.

— À vos ordres, chef, répondit Morgane, un sourire au coin des lèvres. Elle appréciait Dupuis à sa juste valeur et c'était l'ami de Grand de longue date, cela pesait dans la balance.

30

La lumière de ta douleur transfigure le geste en une synergie universelle positive face à la négativité de l'acte contraire.

Deux jours après le temps zéro.
Matin.

L'aîné n'avait pas cédé. Il avait brossé la chienne avec la brosse à cheveux sur laquelle des picots manquaient, estimant qu'un poil brillant valait mieux qu'un poil terne significatif d'un mauvais traitement ; il ne tenait pas à déprécier la marchandise. Cerise sur le gâteau, il avait nettoyé le sac de transport à l'éponge et l'avait vaporisé de plusieurs giclées d'eau de toilette de la grand-mère, le vieux flacon remisé dans l'armoire à pharmacie de la salle de bains lorsqu'ils avaient emménagé, lui et son frère. Le liquide jaunâtre empestant la lavande âcre avait déclenché une toux incessante chez l'animal dès qu'il l'avait couché dedans. Depuis, le cadet avait l'humeur agressive.

La joute verbale régna de Doel jusqu'à Anvers dans la Dacia. L'échange était ponctué d'un côté par des « tu fais chier frangin ; putain, j'suis vénère ; t'es relou ; t'as rien à dire » et de l'autre par des « une perte de temps ; on sera en retard comme des cons ; rendez-vous manqué ; tu ne vaux pas mieux que moi avec tes idées à la con ». Ils tombèrent d'accord sur l'idiotie de leur discorde indigne de leur image, des caïds de la fauche, chacun se jurant intérieurement de régler son compte à l'autre après la transaction ; chacun pour soi et Dieu pour tous ; à chacun son chemin.

Il y avait foule aujourd'hui au pied de la cathédrale dont la construction avait débuté durant le quatorzième siècle et s'était éternisée jusqu'au début du seizième ; la tour gigantesque renfermait le carillon. Sur le parvis, un clochard récoltait en vain quelques pièces dans son bonnet crasseux, tendant le bras vers un avenir morose. C'était le jour du marché. Une multitude d'habits colorés marchaient sans but précis avec son cortège de pickpockets se faufilant au milieu d'eux. Moult langages parlaient fort pour être entendus, anglais au lieu du néerlandais ou du flamand dû à la présence de la Commission Européenne. Des enfants jouaient dans les allées. L'heure de clôture approchait. La demie de 12 heures sonna à l'arrivée des deux frères. Ils déambulèrent parmi les étals à la recherche d'une baraque à frites. Vingt minutes de flânerie avant de mâcher un hot-dog dégoulinant de ketchup mayonnaise et de tremper ses doigts dans la barquette graisseuse à l'ombre d'un platane, assis sur un banc face aux badauds.

— Il faut que la chienne pisse, déclara le cadet la bouche pleine.

— T'as une laisse, toi ?

— Ben non.

— Ben, moi non plus, alors, elle pisse pas.

Le cadet posa son repas et se pencha en avant.

— Putain ! Qu'est-ce que tu fous, frangin ? C'est pas le moment d'enlever tes groles.

— J'improvise. J'enlève les lacets de mes baskets et je les attache.

— Pas con, je te file aussi les miens.

Cannelle tâta du coussinet le macadam, renifla la puanteur des gaz d'échappement du camion garé derrière eux quittant son stationnement – il avait terminé sa livraison – et s'approcha amoureusement du tronc. Elle gratta le peu de terre existante autour de l'arbre, baissa l'arrière-train, et inonda l'endroit.

— Putain ! Elle avait envie ! T'as eu raison, frangin, on sera peinard à l'intérieur. Elle nous emmerdera pas.

Un quart d'heure avant l'heure H, le duo fraternel pénétra dans l'édifice religieux. La hauteur sous plafond était impressionnante, de même que la longueur et la largeur au sol.

Quel endroit discret pouvait être envisagé par l'aîné et le cadet pour le rendez-vous lorsque des gens avançaient à pas feutrés, qu'ils priaient avec un recueillement silencieux, qu'ils allumaient des cierges dans les chapelles collatérales, qu'ils s'extasiaient à voix basse devant les toiles de Rubens et celles de Murillo, de De Backer, de Martin de Vos et de Frans Francken le Vieux, ou devant le sarcophage baroque de l'évêque Capelle par Quellin le Jeune ? Ils oublièrent les 125 piliers – le cadet avait lu le descriptif sur la plaquette – et choisirent de se placer dans la nef centrale au niveau de l'imposante chaire visible de loin avec ses deux escaliers aux rampes sculptées d'oiseaux, dont deux aux ailes déployées. Ils patientèrent sous la ronde d'angelots planant au-dessus d'eux, le regard fixé sur l'entrée principale.

À 14 heures moins deux minutes, Alberto, Bernard et Verdier firent leur apparition.

L'aîné tiqua ; ils étaient trois au lieu de deux et le propriétaire du chien s'agitait dans tous les sens comme un hibou, tournant la tête à droite, à gauche, regardant derrière lui.

— Ils n'auraient pas dû être deux ? !

— Tais-toi, frangin. Laisse-les venir, j'ai ça.

L'aîné écarta le pan de son blouson en jean troué. La réplique du Beretta PK 4,9 mm était coincée dans son bermuda.

— Il y a un individu louche qui rapplique. Ça sent le poulet.

— Ne sois pas con, les flics, ils en ont rien à branler d'un clebs, et le nôtre, c'est pas celui du roi. Tranquille, je te dis. On y va.

L'aîné apostropha Bernard.

— Donne la marchandise.

Les nerfs rudement éprouvés du maître lâchèrent d'un coup. Alberto vacilla à la vue de Cannelle ce qui obligea Verdier à le soutenir.

Bernard sortit une enveloppe de la poche de son pantalon. L'aîné la lui arracha des doigts, lâcha le sac et courut vers la sortie, bousculant tous ceux qui se trouvaient sur son chemin, le cadet à sa suite.

Naudin, n'ayant pu intervenir, car il était assis sur un banc face au chœur, téléphona aussitôt à Grand.

« Ça sort ».

31

Le recul ombreux du soi dans l'immédiateté de l'action s'identifie à la ténébreuse idée.

Deux jours après le temps zéro.
Début de l'après-midi.

Une apothéose à la fin juillet digne des maîtres de la cambriole.

La rancune : oublié.

Le clebs à nourrir : oublié.

Le stress de la fuite : oublié.

Le quotidien miséreux : oublié.

La victoire avait balayé, telle un ouragan, tout ce que l'aîné et le cadet avaient vécu auparavant. Elle surpassait les plus folles espérances. Elle avait le goût de la bière fraîche allongé dans un transat à contempler les étoiles au bord d'une piscine ; elle était le chant d'un grillon dans le gazon récemment tondu d'un pavillon de banlieue ; elle évoquait la femme nue dans le lit aux draps froissés le matin au réveil ; elle représentait… le bonheur ; exit les sombres cumulonimbus qui plombaient le moral pendant l'hiver. « Anvers-Bruxelles » avait été soixante-six minutes à tirer des plans sur la comète, la tête dans les nuages floconneux s'étirant dans le ciel.

L'aîné conduisait la Dacia, la semelle légère sur l'accélérateur, les bras détendus, gonflé par un orgueil démesuré. Sur le siège passager, le cadet ne partageait pas la liesse qui envoûtait son frère.

— C'est qui le plus fort, hein, frangin ! C'est qui ?!

— C'est toi.

— Dis le plus fort frangin !

— C'est toi ! Voilà ! Tu es content !

— Je leur ai mis bien profond à ces connards ! T'as vu la tronche qu'ils tiraient ces cons ! Et l'autre qui s'est écroulé comme une grosse merde quand j'ai lâché le sac, j'en aurais pissé dans mon froc. Une mauviette !

— Ouais, j'ai vu, j'étais là.

— Arrête de tirer la tronche, frangin. J'avais pas raison sur ce coup, hein, dis-moi ?

— Ouais.

— Dis le plus fort, frangin !

— Ouais ! Tu avais raison !

— Putain ! Je veux ! j'avais raison ! Le mec t'a répondu.

— Attends deux secondes que je regarde. Ouais, c'est bon. Combien il nous reste ?

— Un quart d'heure, peut-être moins.

— Ou plus.

— Ou moins. Tu vois toujours le verre à moitié vide, tu devrais le voir à moitié plein, frangin, ça te filerait la patate.

Tranquille, je te dis. Dans une heure, on sera riche, on aura les biftons.

— Et comment tu expliqueras au banquier la provenance du pognon, dis-moi, toi qui es si fort ?

— T'es chiant, frangin. J'y ai réfléchi avant avec ma tête et non avec mon cul Chacun sa part, deux banques au Luxembourg. Là-bas, les banquiers, ils sont moins regardants que chez nous et on aura sur le dos des fringues neuves. On les impressionnera. Tranquille, je te dis, te bile pas. Branche le GPS qu'on se goure pas de rue.

La Dacia suivit scrupuleusement l'itinéraire dicté. Trois voitures derrière, une Mercedes A 180 empruntait le même chemin. À 15 heures 30, les deux véhicules disparurent dans le sous-sol d'un parking public, stationnèrent au niveau moins deux distantes de huit places l'une de l'autre. Quatre occupants sortirent : l'aîné et le cadet, Grand et Dimitri.

Filature dans les rues de Bruxelles.

Arrêt devant une boutique aux lettres cursives de néon bleu sur la façade.

— Tu es sûr que c'est la bonne adresse ?

— Certain, frangin. Zieute le bric-à-brac dans la vitrine.

— Son enseigne clignote comme un appel aux flics.

— Un appel au crime ! s'esclaffa l'aîné. Tranquille, je te dis.

Le cadet était indécis.

— Tu te magnes !

Le carillon tinta. Van der Merck accueillit ses visiteurs.

Grand et Dimitri s'éloignèrent à l'image de deux touristes découvrant la ville.

« Donne ».

L'aîné tendit l'enveloppe décachetée.

Le marchand renversa le contenu sur un tissu de velours noir plié en quatre dans un plateau cuivré de style marocain. Il colla à son œil droit une loupe d'horloger et examina une à une les pierres. Le rire déclenché par l'expertise glaça le sang de l'aîné.

— Les jeunes, c'est quoi cette camelote que vous m'apportez ! Des zircons, j'en ai des tiroirs remplis à ne plus savoir qu'en faire. Il n'y a que ces deux-là qui valent quelque chose, dit-il les séparant du tas.

— Qu'est-ce que tu jactes ?

— Je te dis que sur les dix-sept cailloux que nous avons là, deux sont vrais et les autres sont faux.

— Putain ! L'enfoiré !

— Ça, pour t'être fait avoir, mon gars, tu t'es fait avoir comme un bleu. Tu aurais dû vérifier sur le terrain.

— Combien tu nous files ?

— Ça ne vaut pas grand-chose, je te l'ai dit. Le zirconium s'achète maximum 50 euros, je te les prends à 5 euros l'un et c'est bien payé.

— 10.

— 7.

— 8.

— Vendu, Huit fois 15, 120 euros.

— Et pour les diam's ?

— Ils sont petits, mais de bonne qualité. Sur le marché, la côte est de 6000, 4 000 les deux. *Les jeunes ne connaissent pas le cours. J'en tirerai au moins 25 000.*

— 5 000.

— 4 500.

— 4 300, c'est ça ou tu repars avec et on ne fera plus jamais affaire ensemble.

— On prend.

— On dit 4 420 euros en billet de 100. D'accord ?

— OK.

— Attendez dehors, le temps que j'aille chercher le pognon.

— Lui, il sort, et moi je reste là, je surveille les cailloux. On me la fait pas à l'envers.

— Tu n'as pas confiance, petit ?

— Jamais.

— Tu as raison ! Tu iras loin dans le métier, toi ! Il décrocha le combiné et appuya sur une touche. Maurice, ramène 40.

Un homme d'une cinquantaine d'années, un chiffon à la main, poussa la porte d'une pièce servant d'atelier qu'entraperçut l'aîné avant qu'il ne la refermât. De la poche de son bleu de travail, il sortit la liasse, récupéra l'enveloppe et disparut par là où il était venu.

Van der Merck ouvrit la caisse et ajouta les 420 manquants.

— Tiens, voici ton compte. Reviens me voir avec du lourd la prochaine fois. Je n'ai pas de temps à perdre, petit. Et achète une loupe comme la mienne, conseil d'ami.

L'aîné empocha le fric et claqua la porte.

— Putain de merde ! Va falloir remettre le couvert ! 4000, c'est pas assez !

— Je ne marche plus dans tes combines. 2 000 chacun, ça ira.

— Et tu iras où avec tes 2 000 balles ?! Ils suffiront pas à payer la caution d'un studio dans un HLM pourri !

— Je trouverai un boulot à Anvers mieux payé. La mère, elle m'aidera.

— T'es qu'un foutu trouillard, admonesta l'aîné qui jouait les prolongations.

— Je continuerai à m'entraîner le dimanche et je te prouverai que je ne suis pas un looser comme tu le penses.

— Couille molle. Sois un homme une fois dans ta putain de vie. T'as confiance ou pas ?

— Tes coups foireux, j'en ai ma claque. J'ai déjà risqué de perdre mon job quand j'ai piqué du matos au magasin pour retaper une maison qui appartient à la commune ; là, ça va trop loin. Je n'ai pas envie de finir taulard.

— Trois parpaings cassés et un sac de ciment ouvert, j'appelle pas ça un vol, mais rendre service au pauvre mec qui aurait dû les enlever de la vente. *Putain, le frangin sera éternellement le maillon faible de la famille.* Traîne pas. On rentre et on discutera de tout ça à la baraque. Faut qu'on se tire d'ici. Toi qui as la trouille d'être repéré, tu glandes sur le trottoir à me bassiner avec tes conneries. Y a peut-être des caméras de rue sur les toits. Bruxelles, c'est pas Doel.

Deux personnes suivies par deux autres personnes.

Une Dacia suivie par une Mercedes.

Le Montecristo se consumait lentement dans le cendrier pendant que Dimitri conduisait la vitre abaissée de moitié.

— Vous collez trop à la voiture de devant. Ils vont finir par nous repérer. Le trafic est fluide sur ces routes secondaires depuis que nous avons dépassé Anvers.

— En Russie, je les aurais bloqués avant qu'ils entrent dans la boutique.

— Plaie d'argent n'est pas mortelle, mon cher Dimitri. Quand on est un oligarque sur la place rouge, deux diamants de perdus sont une goutte d'eau dans l'océan de la fortune.

— Ce n'est pas pour la perte des pierres, c'est pour l'honneur. On n'attaque pas les amis de Dimitri Arkhipova. La cicatrice sur la joue se tendit comme un arc. On ne floue pas un russe. Нет! Это невозможное дело ! s'énerva le conducteur, serrant les poings.

Grand abaissa la vitre de son côté. Le courant d'air dissipa les volutes envahissantes du cigare.

— Savez-vous quels sont les trois préceptes d'un détective ?

— Нет.

— Premièrement : apprendre la patience ; deuxièmement : supporter la solitude ; troisièmement : accepter la routine.

— Votre règle, nous la subissons depuis un moment.

— Tout à fait. Un conseil, si vous permettez.

— Да.

— Ils se dirigent vers Kallo. Si je me réfère à la carte routière, sauf erreur de ma part, ils rentrent chez eux. Nous les suivons le plus longtemps possible sans prise de risque inconsidéré, nous bifurquons, nous trouvons un hôtel, quitte à retourner à Anvers qui n'est pas très éloigné si notre recherche s'avère infructueuse, et, demain, nous partons à l'aube, nous revenons à l'endroit où nous avons abandonné la filature. Une Dacia de ce style est facilement repérable par ici et il n'y a que deux ou trois villages dans les environs à visiter.

— ладно !
— ???
— OK.

32

Au cours du voyage en utopie, face au mur des illusions, anarchie et injonction affichent un dénouement honorifique des contraires. S'ensuivent solitude et détresse à l'approche de la renaissance.

Deux jours après le temps zéro.
Fin de l'après-midi.

Avant de franchir la frontière, Morgane avait franchi celle du bureau du commissaire Dupuis le matin du départ. Durant l'interminable entretien, elle avait usé les « oui, boss » et les « oui, chef » jusqu'à la trame pour arriver à ses fins. Le tampon apposé sur l'imprimé administratif avait signé l'arrêt des pénibles argumentations. Le feuillet obtenu avec audace était le sésame ouvrant la barrière de l'autoroute des vacances quasiment une semaine avant la date accordée. Elle avait su allier le déplacement belge aux congés annuels et aux heures supplémentaires avec le faible espoir d'expédier le meurtrier dans les culs de basse-fosse illico presto et gratter ainsi deux ou trois jours de liberté sur le temps imparti à l'arrestation ; elle avait su, rien qu'en le regardant, que son supérieur hiérarchique avait tourné en boule dans sa tête les reproches accablants qu'il lui destinait et n'avait point osé formuler. En revanche, la joie de Julie à l'annonce du départ avait effacé tous les symptômes culpabilisants de sa mauvaise foi. Un mensonge habile était-il plus puissant qu'une impure vérité ?

Trois adultes et une enfant à bord d'une Volkswagen Passat de 2016 ayant peu de kilomètres au compteur, le coffre bondé.

L'heure différée dudit départ et l'installation à l'hôtel de ces vacanciers de dernière minute avaient rogné sur le précieux temps accordé à l'enquête. Le couple « Duharec-Gillet » fit une apparition tardive aux alentours de 17 heures au siège de la police fédérale.

Direction la grande artère piétonne commerçante, rue Neuve, prévue au planning.

Quatre policiers, deux Français et deux Belges, devant un rideau de fer lisant un panneau sur lequel une âme bienveillante avait écrit : Fermeture exceptionnelle pour motif familial. Réouverture demain à 15 heures.

Soulagement d'une part – l'oiseau serait dans le nid le lendemain, il suffirait de taper sans l'aide des confrères – et réorganisation de la soirée.

Morgane et Marc optèrent pour une visite de courtoisie à Anvers après avoir récupéré leur moyen de locomotion et menti d'une manière éhontée sur leur destination. Morgane appliquait les directives dupuisiennes : du concret pour coiffer au poteau les collègues frontaliers.

Parquer la Passat de Dorman dans la rue à sens unique. Une place fut libérée dans la rue adjacente ; Morgane accéléra et gara la voiture à la parisienne.

Marcher jusqu'au numéro de l'immeuble.

Visualiser le nom sur l'interphone. Sonner. Attendre le déclic d'ouverture de la porte après avoir prononcé le mot magique « Police » sans autre précision.

Ascenseur troisième étage. Toquer à 19 heures 07.

— Entrez.

— Qui est-ce qui vient nous déranger à l'heure du repas, Maryse ? questionna une voix grave.

— La police, Georges.

— La police ? Tu as encore eu une contravention que tu as oublié de régler ? Tu aurais pu m'avertir. J'aurais payé. Maintenant, nous allons avoir une pénalité de retard.

— Ne l'écoutez pas. Venez. Occupe-toi de la salade pendant que je discute avec ce monsieur et cette dame, dit-elle à l'homme en train de déboucher une bouteille de vin.

Morgane et Marc suivirent Madame Mertens, une femme petite et replète, une robe légère sur le dos et les pieds nus, jusqu'au salon salle à manger à la décoration minimaliste. Le poste de télévision diffusait les informations locales. Le couvert avait été mis sur la table recouverte d'une toile cirée verte. Ils entendirent le bouchon sauté.

— Nous n'allons pas abuser de votre temps. Une ou deux questions et nous serons partis.

— Vous ne me dérangez nullement. Je vous écoute.

— Êtes-vous la propriétaire d'un véhicule break de la marque Dacia dont l'immatriculation est celle-ci ?

Morgane lui montra une feuille de son calepin.

— Je l'étais, mais je ne le suis plus.

— Vous l'avez vendu ?

— Non, je l'ai donné à mon fils. Ici, un break est beaucoup trop encombrant. Je n'ai pas de garage et, dans la rue, difficile d'avoir une place libre lorsque je rentre du boulot le soir.

— Votre fils qui a pour nom ?

— Imran Mertens. J'ai gardé le nom du père. Je n'allais pas modifier tous les papiers, cela serait revenu trop cher pour pas grand-chose. Il aurait dû enregistrer la carte grise à son nom depuis. Un oubli, je le connais. Il va remédier à cela.

— Une adresse où je pourrais le joindre ?

— Je n'ai plus de contact avec lui depuis mon divorce d'avec son père il y a six ans déjà. Il vivait à Doel à l'époque de la séparation, dans la maison de ma défunte mère. Il avait souhaité être proche de son travail, par économie. Il a peut-être déménagé depuis, je ne sais pas. Comme je viens de vous le dire, il a sa vie et j'ai la mienne.

Le choc d'une casserole contre un plan dur fut perçu par le trio.

— Bon sang, Georges, tu fais quoi ? !

— Ce n'est rien, Maryse, je cuis les œufs. J'ai failli en faire tomber un et j'ai lâché la gamelle plutôt que l'œuf.

— Les hommes, je vous jure, tous des maladroits.

— Vous évoquiez la maison de votre mère décédée.

— Ah, oui, à Doel. Enfin, ce n'était pas la sienne, elle appartient à la commune qui vous la loue si vos revenus correspondent à leurs critères de sélection. Au décès, le fils a prolongé le bail. Sinon, il faudra voir avec la secrétaire de mairie, ou la poste. Pour l'adresse.

— Ou avec les copains de votre fils ? interrogea Marc.

— Oh, les copains de classe n'étaient pas nombreux. Les gens qu'ils fréquentaient étaient rares. Demandez aux voisins, ils sauront peut-être.

— Et bien, nous allons vous laisser. Un numéro de téléphone pour vous joindre au cas où nous aurions d'autres questions à vous poser ?

Maryse Mertens épela les chiffres de son mobile et les raccompagna jusqu'à la porte.

— Qu'est-ce qu'ils voulaient ?

— Savoir à qui appartient la Dacia.

— Tu ne l'as plus, tu l'as cédée à ton fils quand il a eu son permis.

— C'est ce que je leur ai dit. Les œufs sont durs ?

— Encore trois minutes.

— Je vais l'appeler. Depuis tout ce temps à s'éviter, il décrochera, sinon, je lui laisserai un message sur le répondeur.

— Ne fais pas ça, Maryse. Ne te mêle pas de ses affaires. Avec la police, tu es coupable avant d'être innocent.

— Tu as raison, Georges. Je n'avais pas réfléchi aux conséquences. J'ai été emportée par un élan maternel. Qu'il arrange lui-même ses histoires.

— Ça y est, les œufs sont cuits.

33

Le flatteur croise le chemin du naïf, le berce par ses paroles enjolivées, s'accroche à ses nippes tel un parasite dans l'unique but de son investigation propre à spolier l'innocent.

Jeudi : trois jours après le temps zéro.
Matin.

Morgane et Gillet se plièrent aux exigences de la coopération. Parfois, il valait mieux délester une charge que de s'embourber avec.

Sous le règne de l'informatique, le Dieu du clavier régnait sur le Web ; il fut aisé au Seigneur de la brigade belge, Joris, de se procurer les coordonnées exactes de Imran Mertens.

Anvers-Doel, vingt-sept kilomètres, trente minutes de trajet.

Bruxelles-Doel, quatre-vingt-cinq kilomètres, une heure quinze de trajet.

Aux premières loges dans son jardin, le vieux de la rue ne perdait pas une miette de l'épisode qui se jouait à côté de chez lui. Ce n'était pas courant qu'il y eut de la distraction dans sa rue. Une voiture de la police fédérale était passée lentement sous ses fenêtres et stationnait maintenant devant le portillon des jeunes. Quatre personnes dont deux en civil actionnèrent la cloche de la vieille Marie, n'ayant pas réussi à trouver la sonnette enfouie sous le lierre grimpant le long du pilier, ce qui dérangea la merlette nourrissant ses oisillons qui avait bâti son nid dans le vieux pommier rabougri ; elle se jura de nidifier ailleurs l'année suivante.

Silence dans la maisonnée ayant subi les outrages du temps exhalant la vétusté.

Une entrée fracassante sans tambour ni trompette.

— Baissez votre arme ! Police !

— Les conjonctures sont trompeuses, plaida Grand, qui n'en menait pas large, pris de court par cette visite surprise. Il pivota vers la porte d'entrée, la matraque contre sa jambe droite.

— Vous ? ! Ici ? !

— Lieutenant, quel plaisir de vous revoir.

— Vous pouvez nous éclairer sur votre présence, Grand ? !

— Très volontiers. Mon ami, Dimitri, et moi-même

— Votre ami ? ! s'étonna Morgane avec un air réprobateur, la bonhomie de l'ami ne lui inspirant pas confiance.

Dimitri eut le regard mauvais. Il mitrailla la perturbatrice.

— Nous discutions et un mot en amenant un autre, le ton est monté. C'était un moyen d'intimidation, dit-il, levant la matraque, rien d'alarmant en soi, je vous assure, lieutenant.

— C'est ça, on bavardait et on s'est emballé, justifia l'aîné qui aurait applaudi l'intrusion si elle n'avait pas été de nature policière. Un rictus de satisfaction transfigura son visage de dément.

— La ferme, Imran ! Ces deux individus sont entrés chez nous par effraction, expliqua le cadet. Il y a violation de domicile. Nous sommes dans notre droit.

— Het ! gueula Dimitri, songeant à son Makarov planqué dans la boîte à gants sans autorisation de port d'arme. Porte grande ouverte !

— Nous nous sommes défendus face à l'agression, ajouta Imran.

— Avec un Beretta.

— Un faux, tint à préciser le cadet, dédouanant son frère qui se taisait à nouveau, jaugeant la situation. Il ne faut pas se fier aux apparences, n'est-ce pas ?

— Vous confirmez, Grand ? demanda Morgane.

— Je ne nie pas les faits, mais je plaide des circonstances atténuantes. Ce jeune homme s'abstient de vous raconter qu'il est à l'origine du kidnapping de Cannelle.

— Et un voleur de diamants ! hurla Dimitri.

— Quoi ?! Ils ont un rapport avec le rapt de Cannelle ?!

— Affirmatif.

— Et ce vol de diamants ?

— Les miens exigés comme rançon ! exprima Dimitri d'un timbre agacé, les nerfs à fleur de peau.

Le collègue belge, Willem, suggéra à l'oreille de Morgane d'éclaircir le mystère à leur quartier général. Elle opina du chef.

— Vous lancez des allégations contre nous sans avoir de preuves, que des présomptions, dit l'aîné, sentant le vent tourner à leur désavantage. Il imposait sa version avec sang-froid, détrônant son frère, reprenant les rênes du combat.

L'échappatoire fut de courte durée. La sentence inéluctable tomba sur le duo fraternel, froideur de décembre au cours de l'été, la peur exsudant des corps. Direction le commissariat bruxellois.

— Qui couche avec les chiens se lève avec des puces, ricana Dimitri, prenant place dans la Passat stationnée devant l'église par précaution.

— Fumer n'est pas jouer. Impossible de voir la différence quand vous n'êtes pas flic, répondit Grand, enclenchant la vitesse.

— Gardez vos belles paroles pour tout à l'heure, je n'ai pas terminé avec vous deux, rétorqua Morgane d'un ton sec.

Les deux de devant avaient oublié qu'ils n'étaient pas seuls, ils avaient une passagère sur la banquette arrière.

34

Affrontant la bévue et bravant l'esclandre, outrepassant la loi et défiant la sentence, l'homme de rien se vautre dans la tromperie et l'abus de confiance, fier de sa petitesse, ce vaurien des abîmes ténébreux peuplés de formes cauchemardesques dont il sait amadouer leurs complaisances malsaines, se pose en caméléon des temps modernes.

Trois jours après le temps zéro.
Fin de matinée.

« Vos téléphones portables, s'il vous plaît ». Le roi de l'ordi prenait des gants, une politesse que Morgane aurait bannie de son vocabulaire face aux deux délinquants qui tortillaient du cul sur leurs chaises. Des méthodes diamétralement opposées pour une finalité semblable.

L'aîné grogna. Il n'avait pas l'intention d'obtempérer, mais il recula derrière sa colère et finit par s'y résoudre, le cadet ayant déjà donné le sien, redorant son blason par la soumission. *Putain de maillon faible ! Couille molle !*

Morgane commença l'interrogatoire par le récalcitrant, forte du soutien de Gillet, de Willem et de Niels, un autre gradé belge, dans cette pièce identique à tous les commissariats de la planète, froide, sinistre, et impersonnelle.

Le policier Joris doué d'une célérité à toute épreuve éplucha la liste des appels des deux téléphones. Un numéro sortait du lot depuis lundi de celui de Imran, enregistré dans les contacts sous le sigle R 3 – il y avait aussi un R 1, R 2, et R 4. Il entra les chiffres dans le fichier central.

— Van der Merck est la personne à qui tu vends tes marchandises ? questionna Morgane après avoir lu le résultat affiché sur l'écran de l'ordinateur incliné vers elle.

— Un pote comme ça. On a sympathisé dans un bar et il m'a refilé son mobile.

— Ne te fous pas de ma gueule, s'emporta-t-elle. Elle avait opté pour un tutoiement déstabilisant. Tu essayes de le joindre depuis trois jours. Tu risques gros à ne pas coopérer.

— Rien à foutre des condés.

— Van der Merck, brocanteur au 53 rue du Marais. Ce n'est pas très loin de la zone piétonne et du Théâtre de la Monnaie. On a de l'humour chez les malfaiteurs, compléta le policier Niels.

— Tu ne sais toujours pas de quoi il s'agit ? pour quelqu'un qui a essayé en vain de le joindre, tu n'es pas crédible.

— Onze fois sur trois jours durant, répondit Joris.

— Tu avais à lui dire quelque chose d'important, insista Morgane. Te débarrasser du colis. Je parierais que tu as monnayé le butin de la rançon. Avoue, le juge sera clément avec toi lors de l'audience.

Imran Mertens était fermé comme une huître dans la bourriche, le buste droit affichant un air de supériorité, serrant les poings de s'être fait pincer, humiliation extrême qu'il digérait mal.

— Bon, puisque tu continues à te taire sur ce sujet, passons à autre chose. La Dacia vous appartient, votre mère nous l'a confirmé, inutile de nier. Elle a été repérée la semaine dernière sur les rives du Lac du Temple, dans le département de l'Aube en France. Ça te parle ?

— Non. J'y étais pas.

— Sauf que là où la voiture stationnait, il y a eu un meurtre.

L'aîné se tourna vers son frère.

— Putain ! C'est quoi cette embrouille, frangin !

— Ouais, elle m'a parlé d'un truc comme ça, mais je lui ai déjà répondu là-bas.

— Et d'abord, c'est qui le macchabée ? !

— Un athlète de l'équipe olympique, Kouassi Akpoué Kambire, membre du club que votre frère a sollicité maintes fois. Monsieur Claes, l'entraîneur, a confirmé que votre frère Léon – oui, je connais votre prénom Monsieur Mertens junior – rôdait autour de la base nautique. Ils ont eu une altercation pour le poste convoité, des témoins l'attestent, et, je cite la menace proférée à son encontre par vous, Léon Mertens – elle ouvrit son calepin – « si votre chouchou se blesse », ce qui laisse supposer le tragique événement. Vous l'avez suivi, vous l'avez bousculé, il est tombé, il saignait d'une plaie ouverte sur le crâne, vous avez paniqué, et vous l'avez achevé. Lorsque je vous ai vu, vous étiez sur le départ ; vous fuyiez la scène de crime. La fausse identité que vous m'avez fournie à ce moment-là renforce la thèse de votre culpabilité, Monsieur Léon Mertens.

— Putain ! C'est quoi ce délire ! T'as buté le mec, frangin ! T'es un grand malade !

— Non, je ne l'ai pas tué, elle raconte n'importe quoi pour nous déstabiliser et semer la zizanie entre nous, cette meuf ! gueula Léon. Et toi, tu tombes dans son piège !

— Surveille ton langage, le jeune, grogna Gillet. Ici, tu n'es pas dans la rue avec tes potes.

— Je vous notifie votre garde à vue pour homicide volontaire sur la personne de Kouassi Akpoué Kambire ce jour, 12 heures 54, énonça Willem sans faillir au scénario qu'il avait convenu avec les Français.

— Quoi ?!

— Tu n'as pas entendu, tu souhaites que nous répétions le motif de l'inculpation ?

— Je n'irai pas en taule pour un crime que je n'ai pas commis. Le mec, je l'ai aperçu quand j'abordais. Il avait une drôle de tronche. Il a ôté des gants comme on voit dans les séries TV, il était vénère. Il devait avoir du sang sur les bras parce qu'il les a lavés dans la flotte. C'est là que j'ai compris. Les pêcheurs ne portent pas de gants pour transpercer le ver avec l'hameçon ; ce type avait fait quelque chose de louche ; ce n'était pas un pêcheur. Je n'ai plus bougé, même pas d'un centimètre. Je me suis accroupi, me cachant le plus possible, il était tout près, me rendre invisible, quoi. J'ai même plus respiré tellement que j'avais la trouille.

— Ça m'étonne pas, t'es qu'un trouillard.

— La ferme, Imran, tu n'y étais pas. J'ai attendu qu'il ait fini et je suis allé voir d'où il arrivait. Ben, ce n'était pas joli, joli. Le mec était étendu par terre, il ne bougeait plus. J'ai tout de suite compris que l'autre lui avait réglé son compte alors j'ai plié bagage vite fait et je suis rentré au bercail. Il pouvait s'en prendre à moi vu que je l'avais repéré. J'étais un témoin à éliminer.

— Vous a-t-il vu ?

— Je ne sais pas et, dans le doute, je n'ai pas tenté le diable, je me suis tiré.

— Sauriez-vous nous le décrire pour un portrait-robot ?

— Ben, je veux bien essayer si vous ne m'inculpez pas, mais il y avait des branches, sa gueule n'était pas nette, plutôt une forme, une allure, quoi. Avec un costard, ça, je me le rappelle. Le genre à aller à la messe le dimanche et à planter un mec de sang-froid à la sortie.

— En réponse à votre sollicitation, pour l'homicide volontaire, non, si votre alibi se confirme ; en revanche, pour le kidnapping du chien et le vol des pierres, oui. Plusieurs personnes ont témoigné. Il y a eu agression avec arme sur une aire d'autoroute, puis à la cathédrale d'Anvers où vous avez été filmés. Pas de bol. J'ajoute la vente de produits volés. J'ai bon ?

— Ferme-la, frangin ! Tu parles trop ! menaça Imran.

— Je n'ai pas d'ordre à recevoir de toi ! Ce n'est pas toi qui risques la taule !

— T'iras pas en taule ! Elle bluffe et, toi, tu la crois !

— C'est sûr que je n'irai pas parce que c'était ton idée de chourer des diamants à des mecs pétés de thunes, et je n'étais pas d'accord depuis le début ! C'est de ta faute si nous sommes là, alors, ouais, je vais cracher le morceau !

La résignation fit place au regret de cette vie meilleure envolée par un stupide concours de circonstances, une confusion des genres.

— Ouais, on a voulu leur piquer les cailloux à Anvers, mais ça n'a pas marché. Lui, il a suivi le type à la Jaguar et moi celui avec le clebs. Et comme le type n'avait rien sur lui, Imran a pensé que la planque, c'était le chien. Il m'a demandé de le piquer dans la gare et c'est ce que j'ai fait.

— Quelle gare ?

— Bruxelles Nord. Comme un con, je lui ai obéi sauf que les diam's, ils n'étaient pas avec le chien non plus. Il a eu l'idée d'échanger le cabot contre eux et l'échange a eu lieu à la cathédrale.

— À Bruxelles ?

— Non, à Anvers, comme vous avez dit tout à l'heure. Après, nous avions rendez-vous avec Van der Merck.

— T'es qu'une balance, maugréa Imran. Pauvre con.

— Je sauve ma peau. Je préfère tomber pour complice d'un vol que d'un meurtre.

— Et ensuite ?

— Ben, sur le tas, il n'y avait que deux diam's. C'est le Van der Merck qui nous les a achetés.

— Combien ?

— 4 000 euros, s'empressa de répondre Imran. C'est peu ; ce type est un arnaqueur. Allez donc le questionner lui aussi et jeter un œil sur son arrière-boutique, c'est plein à craquer de biftons.

Le récit corroborait celui de Dimitri et Grand.

— Nous allons suivre votre conseil de ce pas. Messieurs, faites votre devoir, dit Morgane s'adressant aux collègues, nous partons chez le brocanteur.

— Je vous accompagne, exigea le chef de la brigade, Jonas.

— Après vous.

Morgane songea à Dorman et à sa fille. Elle savait qu'ils visitaient la ville. Les croiserait-elle ? elle ne le souhaitait pas ; les deux suspects arrêtés n'avaient pas l'étoffe du grand banditisme ; un tueur était toujours dans la nature et elle à ses trousses.

35

L'acquisition des connaissances permet l'enrichissement personnel en refusant toute suprématie nuisible du savoir dans un possible à se croire l'égal de Dieu.

Trois jours après le temps zéro.
Début de l'après-midi.

Des bises claquèrent sur les joues.

Les quatre se quittèrent sur le parking du commissariat avec la promesse de se revoir bientôt. Pour Dimitri et Grand, la destination était Jalhay, un charmant village en Wallonie où les attendaient Bernard et Alberto, plus Verdier et Naudin, leurs gardes du corps provisoires, pour Morgane, Marc et le collègue Jonas, la destination était le centre-ville.

Trouver le magasin avec son enseigne clignotante fut un jeu d'enfant dans cette rue moins fréquentée que celle de la zone piétonne à 14 heures. Sur le trottoir, afin d'attirer le client, des livres et des revues vieillottes avaient été disposés sur une table pliante, l'œil d'une caméra vissée sur la façade plongeant dessus.

Van der Merck se raidit derrière son bureau au tintement du carillon annonçant la visite du trio. Un Borsalino dissimulait la calvitie de l'homme approchant la soixantaine, portant des lunettes de soleil dans sa boutique éclairée par la lumière du jour, une veste noire sur une chemise beige. Le marchand avait la panoplie idéale du receleur sur le point de déguerpir.

— Messieurs, Madame, que puis-je pour vous ?

— Consulter votre registre de police, exigea Jonas.

— Un instant, je vous prie.

Van der Merck ouvrit un tiroir, souleva des monceaux de papier, et s'empara d'un cahier aux pages cornées qui n'avait rien d'officiel. Sur les feuilles quadrillées, quelqu'un avait tracé au stylo-bille des colonnes, et chacune d'elles avait sa spécificité : la date, la nature de l'objet, la valeur marchande, le crédit, le débit, le dépôt-vente. L'analyse des transactions permit la confirmation de l'acquisition des zirconiums, mais nulle trace des deux diamants.

— Ceci n'est pas conforme. Un cahier d'écolier n'est pas un livre de police.

— Oh ! Du moment que j'inscris les recettes et les achats pour la comptabilité, ça me va.

— Seulement, il n'y a pas tout.

— Comment ?

— Deux diamants que deux jeunes hommes vous ont remis ne figurent pas à l'inventaire. Vous extorquez le fisc.

— Pas du tout, Monsieur le Policier, je vous assure que

— N'assurez pas, nous détenons dans nos locaux les deux jeunes gens qui nous ont raconté dans les détails vos arrangements. 4 000 euros pour les deux, ce n'était pas cher payé.

— Ils se trompent. Ils confondent avec un autre brocanteur, je ne suis pas le seul à Bruxelles, affirma Van der Merck avec aplomb.

— Vous niez leur avoir donné l'argent. La caméra extérieure nous prouvera leur sortie de votre établissement et la discussion houleuse qu'ils ont eue entre eux sur le trottoir.

— ?

— Ne vous fatiguez pas, nous avons aussi en notre possession le témoignage de deux passants. Vos clients parlaient suffisamment fort, l'un molestant l'autre. Ils se plaignaient de s'être fait rouler. Par vous ?

— Non, pas par moi, admit Van der Merck, jouant la franchise sur le plateau de la vérité pour alléger l'amende qu'il écoperait sous peu. Ils râlaient après l'individu qu'ils avaient menacé et qui les avait floués.

Un objet lourd fit entendre un bruit métallique.

— Qui est avec vous ?

— Paul qui répare les objets avant la vente.

Jonas suivit la direction du mouvement du chapeau, se déplaça, ouvrit la porte de l'atelier, apostropha l'employé, et lui intima l'ordre de ne pas bouger pendant qu'il cherchait la dissimulation d'un coffre-fort. Des rayures au sol attirèrent sa suspicion. « Capitaine, venez m'aider ».

Gillet tira, le confrère poussa ; ensemble, ils parvinrent à libérer un espace assez profond pour s'y glisser et découvrir une plaque aimantée munie d'une poignée masquant un trou dans le mur. À l'intérieur de celui-ci se trouvaient entassés des billets de 100 euros, des pièces d'or, des bijoux et des pierres précieuses.

— Je suis sûre que nos deux diamants ont atterri dans votre planque, affirma Morgane pendant que Jonas réclamait à son QG des renforts invoquant le motif : recel au 53 rue des Marais.

— Déverrouillez votre téléphone portable et donnez le moi, Monsieur Van der Merck, réclama Marc.

Patronymes inexistants dans les contacts, que des sigles et des abréviations tels que Bj, Ma, Cp, etc.

— Vous pouvez décoder, demanda Morgane. *Une habitude nationale chez les malfrats, ici.*

— Cp commissaire-priseur, P particulier, C collectionneur, Ma marchand d'art, Bj bijoutier

— Stop. Montrez-moi les bijoutiers.

Défilement des numéros.

— Celui-ci, à qui appartient-il ?

— Tu as entendu ma collègue, son nom ?

— Le nom, je ne le connais pas. Il achète pour le propriétaire d'à côté.

— Rue Neuve ?

— Il me semble qu'il a, un jour, prononcé ce nom. Notez que je coopère, Monsieur le Policier. Et pour ma défense, j'agis au même titre que les vendeurs sur Internet. Les bijoux et les pierres, n'ont pas forcément une provenance licite. Que d'héritage sinon. Le Web est un magma inextinguible qui ne s'éteindra pas demain. Il est un champ libre où chacun moissonne à sa manière et récolte ce qu'il peut. La localisation s'est déplacée et je ne suis qu'un parmi tant d'autres.

— Un fournisseur lambda, ironisa Morgane.

— Il faut bien gagner sa vie. La demande et l'offre du commerce. Tout le monde y trouve son compte à la fin ; de l'argent pour arrondir les fins de mois.

Des sirènes au loin semblèrent se rapprocher. Morgane et Marc partirent les premiers.

36

La modération est merveilleuse, la fulmination sera fâcheuse.

Trois jours après le temps zéro.
Milieu de l'après-midi.

Morgane et Marc contemplaient les vitrines à l'allure d'armoire ancienne avec fronton. Un menuisier avait remplacé les portes à hauteur d'homme par des vitres, ayant gardé les basses comme placards de rangement. À l'intérieur de ces dernières scintillaient bracelets, bagues, colliers, montres, médailles et médaillons. Une profusion de bijoux en or jaune, or rose, or blanc, trois ors, avec des rubis, des saphirs, des émeraudes, des diamants. Il n'y avait pas de plaqué or ni d'argent, pas de pierres semi-précieuses ou de synthèse, que du beau, du chic, du clinquant. La fantaisie avait été bannie dans cet établissement de standing.

Le couple s'aventura vers le fond de la bijouterie en arc de cercle ; au centre, une table ronde, deux chaises capitonnées, un miroir et au-dessus un lustre.

Derrière la banque sur laquelle étaient alignées plusieurs plantes vertes d'intérieur de vingt à trente centimètres de hauteur dans des pots de céramique rose, Monsieur Peter Lemmens, un costume bleu ciel, une chemise marine, une cravate jaune rayée de noir, observait ses futurs acheteurs derrière ses lunettes de vue de la marque Ray Ban à la monture dorée hexagonale. Jugeant que les deux tourtereaux avaient eu le temps de choisir, il s'avança vers eux, les mocassins noirs glissant sans bruit sur le carrelage d'inspiration mauresque.

— De magnifiques créations commandées chez un artisan joaillier de Louvain.

— Très belles, approuva Morgane avec un air innocent sachant qu'elle attendait avec impatience leur confrère belge appelé en renfort chez le brocanteur, Willem ou Niels.

— Quelle pièce, parmi ces merveilles, comblerait vos désirs ? susurra Lemmens.

— Ce bracelet, désigna au hasard Morgane.

— Excellent choix. Une maille russe. Un modèle intemporel.

Lemmens sortit un trousseau de clés de la poche de son pantalon. Il dut interrompre son geste au timbre de la sonnette.

— Excusez-moi, je vais actionner l'ouverture de la porte.

Un déclic, et l'imposante stature du supérieur hiérarchique de la police fédérale bruxelloise se détacha devant l'entrée. Il avait tenu à interroger lui-même cet homme membre du conseil communal, ami du bourgmestre et de sa propre famille, mécène apprécié envers les nécessiteux.

— Une sombre affaire réclame des éclaircissements, Monsieur Lemmens – il n'osa pas l'appelé Peter devant des étrangers. La plainte d'une mère dont le fils a été assassiné en France auquel vous seriez apparenté.

— Ah !

— Vous reconnaissez les faits.

— Si vous voulez parler de cette folle qui me harcèle depuis plus de vingt ans, Franck, alors oui, je l'eusse connue et j'emploie le passé à bon escient. Une coucherie lorsque je voyageais à l'étranger avec une fille ayant le feu au cul, excusez-moi l'expression. Vous savez comment sont les Africaines, elles vous aguichent, soufflent sur les braises pour raviver le feu ardent qui est en vous, et quand vous avez consenti à honorer leurs avances, elles vous mettent le grappin dessus.

— Ce garçon est donc le vôtre.

— Absolument. J'ai revendiqué un test de paternité, je ne tenais pas à ce qu'elle me soutire de l'argent à mes dépens. Malheureusement, l'ADN était semblable au mien. Elle m'a harcelé jusqu'à ce que j'aligne l'argent sur le conseil de ma femme qui a eu pitié d'elle. J'étais marié, un fils, mon épouse enceinte du second. J'ai cédé au chantage pour avoir la paix. J'ai payé jusqu'à la majorité du gosse, beaucoup trop à mon avis. Une fille mère, ce n'est pas ce qui manque à Bruxelles, elle n'est pas la seule. J'ai agi pour préserver la réputation familiale.

— Agi ? s'interposa Morgane dans la conversation.

— En payant mois après mois rubis sur l'ongle.

— D'après ce que nous avons recueilli comme infos auprès de la mère, vous n'avez plus versé un centime depuis plus de deux ans et les versements se sont amoindris au fil des années depuis la naissance comme une peau de chagrin.

— Il était majeur. Il travaillait.

— Comment avez-vous appris qu'il travaillait ?

— Par la folle.

— Avez-vous proféré des menaces envers la mère et le fils ?

— Je ne dis pas le contraire. À son dernier appel, nous avons eu une engueulade. Elle prétendait que son fils méritait autant que les pauvres de bénéficier de mes largesses dans le mécénat.

— De quand date votre dernier appel ?

— Début de semaine. Lundi, je crois.

— Affirmatif. Le relevé de Madame Kambire l'entérine. Et où étiez-vous ce lundi, Monsieur Lemmens ?

— Ici, à m'occuper des fournisseurs pour les futures commandes ou chez moi, je ne me souviens pas vraiment.

— C'est fâcheux.

— Pourquoi, Franck ?

— Votre fils a été tué lundi matin, répondit Morgane.

— Ce n'est pas mon fils, mon fils le voici qui arrive, dit-il.

Un homme élégant, sûr de lui, la trentaine, poussa la porte déverrouillée par le père.

— Que se passe-t-il, Franck ?

— Rien, Louis, un malentendu.

— Que nous allons régler au poste de police, Monsieur Lemmens. Suivez-nous. Ne t'y oppose pas, Peter, murmura Franck, c'est dans ton intérêt.

— J'attends un client.

— Maintenant, Monsieur Lemmens, ordonna Franck à contrecœur.

— Tu gardes la bijouterie, Louis, et tu reçois Madame Joyce, son collier est prêt.

— J'appelle notre avocat.

— Inutile, c'est une affaire sans importance.

— Tu as raison, Louis. Je te conseille d'appeler un membre du barreau, un avocat pénaliste.

— Très bien. Appelle-le.

— Les clés de votre voiture, je vous prie, réclama Marc.

Le bijoutier fouilla la poche intérieure de sa veste de costume.

— Prenez.

— Où est-elle garée ?

— Parking du Théâtre, à notre place réservée B 43, premier sous-sol.

— Allons-y.

Sur le trottoir patientait un des policiers venus en renfort chez Van der Merck. Il récupéra les clés, nota le lieu du stationnement de la BMW X1, et partit d'un pas allègre.

37

Poing levé et main tendue sont les deux intérêts antagoniques d'une société vénale introvertie dérivant aux berges de la convoitise.

Trois jours après le temps zéro.
Fin d'après-midi.

Pendant que Peter Lemmens subissait les questions au commissariat bruxellois, son domicile subissait une fouille dans les règles de l'art, de même que la voiture rapatriée dans le garage de la police.

L'épouse, cheveux courts, 53 ans, jupe droite fendue de couleur crème et blouse blanche aux manches trois quarts, vociférait dans la villa. Elle invectivait Morgane, Marc, Willem et Niels, avec lesquels ils avaient sympathisé à force de se côtoyer.

Les quatre passaient au crible chaque pièce à la recherche d'indices susceptibles d'étayer l'accusation d'homicide volontaire. Thérèse Lemmens les suivait comme un chien suivant son maître. Elle trébuchait avec ses sandales à hauts talons et se rattrapait aux meubles, ses joncs trois ors tintant à son poignet droit.

Dans le bureau de l'époux, ils s'approprièrent des documents relatifs à l'activité professionnelle qu'ils examineraient plus tard.

Dans la chambre de l'aîné qui ne l'occupait plus depuis des lustres, ils exigèrent le code de l'armoire renfermant les armes de tir sportif de ce dernier. Ils réquisitionnèrent pour expertise les trois armes à feu, un Glock, un M & P 9, et une carabine.

Dans la chambre du cadet vivant encore dans la demeure familiale, des affiches de guitariste à la renommée internationale avaient été placardées aux murs. Sur un support à trois pieds reposait une guitare classique. « La première » commenta la mère qui s'empressa d'énumérer les années d'étude musicale de son rejeton, exagérant les diplômes acquis et le groupe auquel il appartenait. Elle leur indiqua aussi, avec une fierté non dissimulée, l'adresse du théâtre où il se produisait actuellement le soir, adresse aussitôt transmise au QG pour aller cueillir l'artiste.

Le lien métallique de Leblanc.

Le flair légendaire de Morgane.

L'étau se refermant sur la famille Lemmens.

38

Il est triste d'avoir besoin du déséquilibre pour tendre vers l'équilibre.

Trois jours après le temps zéro.
En soirée.

Le GPS de la BMW n'avait craché que des trajets insignifiants et des allers et retours du domicile à la bijouterie.

Paul Lemmens ameutait son réseau dans le bureau de Franck, clamant à l'erreur judiciaire, répétant à l'envi qu'il n'avait assassiné personne, pas affligé pour deux sous vis-à-vis de la victime, réitérant ses affirmations devant la sollicitation de Madame Aya Kambire convoquée pour une confrontation qui réclama, dès son arrivée, une participation financière pour les obsèques de Kouassi, leur fils, devis de l'entreprise à l'appui qu'elle agitait comme un fanion.

Derrière une vitre sans tain, Léon Mertens secouait la tête en signe de négation.

Entra dans une autre pièce le cadet, Mathieu Lemmens, 30 ans, jean, baskets, polo, cheveux courts bruns, rasé de près. Les cordes de sa guitare correspondaient parfaitement à la ligne sur le cou causée par l'étranglement.

— Pourquoi je suis là ? J'ai un concert ce soir et vous avez interrompu la répétition.

— Vous êtes accusé de meurtre avec préméditation sur la personne de Kouassi Akpoué Kambire, énonça Morgane.

— N'importe quoi. Jamais entendu parler.

— Votre demi-frère.

— Quoi ? !

— Le fils illégitime de votre père.

— Qu'est-ce que c'est que cette histoire à dormir debout ? J'exige des explications et un avocat.

— Vous aurez les deux. Votre frère l'a déjà contacté pour votre père.

— Mon père est ici ? !

— Dans l'autre pièce. Où étiez-vous lundi matin ?

— Le lundi, c'est relâche, le groupe ne joue pas. Je suis allé faire des courses au supermarché pendant que ma mère était chez le coiffeur. Nous sommes rentrés ensemble à la maison.

— Un ticket de caisse ?

— Non, j'ai tout sur l'application.

— Faîtes nous voir.

— Tenez.

Morgane se retint de jurer contre le sort qui s'acharnait sur cette enquête. Mathieu Lemmens avait un alibi incontestable. Du béton armé à moins qu'une tierce personne n'eût payé ses denrées alimentaires avec sa carte bleue et que la mère ne couvre son absence.

— Venez avec moi.

Chaises musicales dans le commissariat.

Le fils remplaça le père.

Marc sollicita une fois de plus Léon Mertens. Négatif. L'homme aperçu était beaucoup plus grand, plus fort. « Une allure sportive » affirma-t-il. Il avait faim et soif et réclama un sandwich et un coca, la récompense à son dévouement. Marc le conduisit à l'office où se restaurait déjà son frère sous la surveillance d'un des policiers présents à cette heure.

Morgane vint aux nouvelles. Les armes de poing n'avaient pas été utilisées récemment, les fadettes et les facturettes des athlètes à Dienville sonnaient le creux ; c'était la bérézina avec le père et le fils Lemmens hurlant tous deux au scandale. Les minutes avançaient inexorablement sans l'ombre d'une résolution.

À 20 heures 30, l'avocat escorté par Louis Lemmens arriva enfin. Il défendit avec fougue la présomption d'innocence auprès du chef Franck, arguant la nullité de l'accusation faute de preuves accablantes, avant d'être conduit auprès de ses clients.

Pendant ce temps, Louis Lemmens arpentait le couloir de long en large.

Léon Mertens s'étouffa avec son sandwich.

— C'est lui ! s'exclama-t-il la bouche pleine.

— Qu'est-ce que vous dites ? Je n'ai pas compris un mot. Avalez.

Léon Mertens déglutit, toussa trois fois, et vida la canette.

— Je vous dis que c'est lui, le mec que j'ai vu. Merde ! Il arrive ! Il va me reconnaître !

— Attendez-moi ici et restez tranquille.

— Putain, frangin, t'es balèze ! Respect !

On libéra la salle dédiée aux interrogatoires pour introduire le suspect numéro 1.

— Où étiez-vous lundi matin, Monsieur Louis Lemmens ?

— Le dimanche et le lundi sont les jours de fermeture. Je suis parti m'aérer à la campagne.

— Où ? demanda Niels.

— Dans la forêt de Soignes. Elle n'est pas très loin de chez moi et on s'y promène aisément, cela me suffit.

— Sauf que votre téléphone indique un autre itinéraire, contra Niels. Il a borné en France. L'application Waze téléchargée sur votre iPhone vous a trahi. Pourquoi avez-vous tué votre demi-frère, Monsieur Lemmens ?

— Ce bâtard !

— Vous connaissiez donc la victime.

— C'était un accident.

— Ne dites plus un mot, recommanda l'avocat.

— Un accident. Sa mère tourmentait mon père avec ses appels téléphoniques incessants. Des années que le père crachait aux bassinets pour une salope qui l'a piégé dans son Afrique de merde. Notre mère n'était pas au courant. Mon père l'a toujours protégée de cette traînée, et moi aussi. Un jour, il était absent et c'est moi qui ai décroché à la bijouterie. Elle a cru que c'était mon père. Je ne l'ai pas contredite. Je voulais savoir jusqu'où elle irait dans ses revendications. Elle réclamait encore du fric pour les frais engendrés par les compétitions de son fils. J'ai glané des informations autour de moi, j'ai googlisé et consulté des sites sur le Web, et j'ai trouvé de quoi elle me parlait. Je suis parti lui demander d'arrêter ses conneries, il devait se débrouiller et ne plus nous emmerder. J'ai attendu qu'il ait fini de s'entraîner, j'avais des jumelles, et j'ai pris la même direction que lui. Par chance, il a accosté proche de là où j'avais garé ma voiture.

— Une Volkswagen grise ?

— Oui. Il ne comprenait rien de ce que je lui racontais, cet abruti. Je l'ai secoué pour qu'il arrête de nier, nous nous sommes battus, et il a cogné la tête contre un arbre. Il pissait le sang et il est tombé par terre, inconscient.

— Vous auriez pu lui porter secours au lieu de l'étrangler.

— Il était bien amoché, il n'aurait pas survécu à la blessure. Il n'a eu que ce qu'il méritait sauf que je ne l'ai pas étranglé.

— Nous avons un témoin oculaire.

— Mon client vous affirme qu'il ne l'a pas tué.

— Maître, dans ses déclarations, son frère a précisé qu'il lui manquait un jeu de cordes, cita Morgane.

— Il l'aura perdu.

— Mon avocat a raison, il perd souvent du matos. Demandez à notre mère, c'est elle qui débourse. Et votre témoin, c'est sa parole contre la mienne. Peut-être que c'est lui votre meurtrier ? Il cherche à m'enfoncer pour se disculper.

Derrière la vitre sans tain, Léon Mertens jurait comme un fou. « Il déconne, ce n'est pas moi ».

— Et vos armes dans l'armoire de votre chambre chez vos parents ?

— La pratique du tir sportif depuis l'adolescence. J'ai une licence.

— Vous pratiquez souvent ?

— Autant de fois que le règlement l'exige.

— Et la compétition ?

— Moins souvent qu'auparavant ; le manque de temps à cause du travail à la bijouterie – je suis associé avec mon père – et des déplacements à Anvers pour la bourse. J'assure aussi le transport des pierres.

— Avec le Glock ?

— Parfois, si la quantité à rapporter le nécessite. Pour effrayer le voleur ; c'est évident que je ne tirerai pas en cas d'agression. Rien que le bruit du tir provoquerait la panique chez les passants.

— Assourdissant, même à l'extérieur, en rase campagne.

— Vous avez raison. Un tir s'entend à 300 mètres au moins.

— Il effraye la faune.

— Oui. Tous les chasseurs le savent, ne pas rater sa cible, sinon c'est mort, l'animal fuit même lorsqu'il est blessé, c'est l'instinct de survie.

— De la discrétion.

— Toujours, si on veut toucher au but du premier coup.

— Comme pour le jeune.

— Tout le monde sait que se servir d'une arme à feu quand la chasse est fermée serait stupide.

— Tendez vos mains, Monsieur Lemmens.

— Pourquoi ?

— Montrez-nous vos paumes.

Morgane plaqua les mains contre la table.

— Un câble métallique serré fortement déchire les gants en latex pas assez résistants. Il entaille la peau. La haine décuple la force. La coupure, que vous avez là, prouve que c'est vous qui avez tué votre demi-frère. Pourquoi avoir emporté une corde de guitare appartenant à votre frère ?

— Arrêtez de nommer ce bâtard mon demi-frère ! s'emporta Louis. Il méritait de crever comme un chien galeux, ce sale nègre ! J'ai supprimé ce fils de pute ! Sa mère ne nous emmerdera plus !

— La corde, Monsieur Lemmens ?

— Le jeu de cordes était dans le vide-poches, un oubli de Mathieu quand il m'a emprunté la voiture. J'ai couru le chercher. Terminé, le chantage, avoua-t-il, content de sa prestation.

Morgane avait prouvé l'efficacité de la mise en confiance. Elle avait réussi à pousser à la faute le suspect en le faisant sortir de ses gonds. Justice serait rendue.

39

Toi, moi, nous. Ne laissons point l'indifférence imprégner nos esprits embrumés.

Samedi : cinq jours après le temps zéro.
Matin.

Il avait fallu 24 heures supplémentaires après les arrestations pour boucler définitivement l'enquête. Aucun répit pour les braves. Morgane et Marc avaient été sollicités par les confrères pour finaliser la procédure. Le rab de congés s'était envolé, ce ne serait que partie remise.

Bruxelles – Jalhay, deux heures de trajet, une broutille après ce qu'ils avaient avalé comme kilomètres depuis Troyes.

La forêt Wallonne et ses routes sinueuses.

La demeure de Roger Vandermeer entouré de sapins.

Les amis venus à leur rencontre au bruit du moteur.

Le visage de Julie transfiguré à la vue de Cannelle et du chat Pompounette dont elle fit la connaissance.

Le bonheur des retrouvailles.

Dix personnes, chacun étreignant son voisin affectueusement.

L'amitié.

La Vie.

Bibliographie

Guide vert Michelin Anvers Week-end, parution 2 008.

Pharaon des Deux Terres, hors série Connaissance des Arts, parution 2 022.

Guide vert Michelin, Belgique, Grand duché de Luxembourg, parution 2 016.

Le guide, Bruxelles et sa région, éditions La Renaissance du Livre, 2 000.

Savoir préparer la cuisine Russe, éditions Créalivres 1 990.

Revue L'Aube nouvelle, printemps 2021, Hiver 2021, Automne 2 022.

Revue Un été dans l'Aube, 2 022.

Parcs naturels régionaux, éditions Rustica, 2 007.

Contacter l'auteur :
www. ladydaigre. jimdo. com

Romans policiers

Les tribulations d'un adolescent, éd. Books on Demand, 2 021

Un matin glacial, éd. Books on Demand 2 020

Mortel courroux, éd. Books on Demand 2 018

Trois dossiers pour deux crimes, éd. Books on Demand, 2 017

Lettres fatales, éd. Unicité 2 017

La mort dans l'âme, éd. Books on Demand 2 015

Une vie de chien, éd. Books on Demand 2 015

Romans

Awena, éd. Books on Demand, 2 019

La clé de la vertu, éd. Books on Demand, 2 017

Neitmar, éd. Books on Demand 2 014

Album jeunesse

Coccinella fête le Printemps, éd. Books on Demand, 2 018

Coccinella visite le parc zoologique, éd. Books on Demand, 2 018

Coccinella fête Halloween, éd. Independently published, 2 018

Coccinella aide le père Noël, éd. Independently published, 2 018

Vie pratique

Pom'en chef, éd. Books on Demand, 2 015

Manuel de dessin et de peinture, éd. Books on Demand, 2 018